二つの母国に生きて

ドナルド・キーン

JN267168

朝日文庫

本書は一九八七年一月、朝日新聞社より刊行されたものです。

二つの母国に生きて ● 目次

I

II

Ⅳ

二つの母国に生きて

I

なぜ日本へ?

[一九八五・四]

一年のほぼ半分を東京で暮らすようになったのは、一九七一年以来のことである。それまでは、毎年、九月から五月までコロンビア大学で教鞭《きょうべん》を執り、夏の間の約三カ月を日本で過ごしていた。初めのうちは京都に滞在したが、後には東京で暮らすようになった。しかし、やがて、日本の春や秋が味わえないことに苛立《いらだ》ちを覚えるようになった。いっそのことコロンビア大学で教えるのをやめてしまおうかとまず考えたが、そのうちに大学のほうで、一年のうち一月から五月にかけて教壇に立つだけでいいと言ってくれた。

先生はなぜ、それほど多くの時間を日本で過ごしたいのですか、とよく訊《き》かれる。日本でしか手に入らない貴重な資料が必要だからです、とでも答えれば、多くの人たちは一応納得してくれるだろう。しかし、実際のところ、コロンビア大学の図書館にもないような資料が必要になることはめったにないし、私にとってコロンビア大学の図書館は日本のどこの図書館よりも便利なのだ。私が日本で多くの時間を過ごしたいのは、ニューヨークよりも日本にいるときのほうが、私自身幸せな気持ちになれるからなのだが、そう答えたのでは、多くの人々（特に日本人の友人たち）は納得してくれない。

東京にいるときのほうがより幸福である理由を説明する際、私はまず幾つかの否定形を使った答えを並べ立てるのを常としている。すなわち、東京では、夜遅く暗い通りを独りで歩いても少しも心配する必要がない。東京の地下鉄は落書きで汚されていることもないし、乗客たちにしても、突如として暴力を振るいそうな不穏な様子はない（最近、日本では車内暴力が頻発しているようだが、そのスケールはニューヨークに遠く及ばない。ニューヨークでは凶悪な死傷事件が日常茶飯事なのである）。東京の冬はニューヨークの冬ほど寒くはないし、夏も、ニューヨークの夏と同じように暑いけれど、猛暑はそれほど長くは続かない、等々。

しかし、これら否定形を用いた答えは、苦痛がないことを示唆するものではあるが、積極的に喜びや楽しさを語るものではない。人々に得心してもらうためには、東京における生活の楽しさを語らなければならないだろう。楽しさとは言っても、その多くは実際にはささやかなものだ。たとえば、たった一、二度しか会ったことのない人々から非常に親切にされたり、商店やレストランや銀行で思いがけない人々からほほ笑みかけられたり、というような……。ニューヨークにだって、親切で好意的な人々はいる。しかしニューヨークでは、毎日のように、何らかのいざこざが生じることも事実である。たとえば、先日もこんなことがあった。近くの銀行へお金を下ろしに出かけ、現金自動支払機の前の列に加わったのだが、私の番になったときに機械が故障してしまった。行員の一人に声をかけたのだが、行員は素知らぬ顔をしている。そこで私は、その行員のところへ歩み寄り、機械の様子がおかしいので見てほしいと頼んだ。すると行員は、「私の仕事にあれこれ口出ししないでほしい」と答えたものである。そして他の仕事を片づけるまでは、機械を直そうとはしなかったのである。

こんな例を引き合いに出したのは、実は、数カ月ほど前に東京で同じようなことを経験していたからだ。しかし、そのとき私は、少しも不快な思いをさせられることはなかったのである。現金自動支払機が動かなくなると、顧客の一人が備え付けの電話で責任者に連絡した。責任者はすぐにやって来た。支払機が再び作動するようになるまでにはしばらくかかったけれど、責任者が一生懸命なので、だれ一人文句を言わない。責任者は私たちにしきりにわびを言い、その態度はとても感じがよかった。この種のささやかな出来事も、日々繰り返されると、その都会の印象の一部として定着してしまう。

日本で暮らしたいと思う本当の理由は、自分の専門分野だけではなく、日本に関してできるだけ様々なことを学びたいという気持ちが依然として強いからである。そのためには、日本にいるに越したことはないのだ。日本には、イギリスに住みたがらないイギリス文学の教授たちがいることは知っている。あの夏目漱石《なつめそうせき》にしても、ロンドン滞在中、ずいぶん惨《みじ》めな思いをして過ごしたようである。イギリス文学を専攻するそのような日本人学者と、日本を研究対象としている外国人学者とでは、期待されるものが大いに異なっている。つまり、日本を研究対象とすることは、仕事としてはまだまだ特異なものであり、そのため私たちは、自分の専攻分野だけではなく日本文化全般に通じることを期待されているのである。私は常にそのような期待に沿うように努めてきたつもりだ。日本文化のあらゆる側面に通じることを求められているばかりではなく、私自身、日本文学の研究者としての自分の仕事にとって、そのような体験が必要だと考えているからである。日本の食べ物を食べたいと思い、歌舞伎《かぶき》を見たいと思い、相撲《すもう》のこともいろいろ知りたいと思い、祭り見物もしたいと思うのでなければ、専攻する分野でどれほど優れていようと、第一級のジャパノロジストにはなりえない——そう言ってもよいのではないかとさえ考えている。

日本を研究している外国人学者の場合とは異なり、イギリス文学を専攻する日本人は非常に数が多いので、その一人一人はイギリスに関してあらゆることを知るよう期待されたりはしない。イギリス文学の教授が、イギリスの絵画やクリケットや、イギリス料理の調理法について質問されたりすることはないのである。現在、日本の人々が西欧のことを研究している程度に、西欧の人々が広く日本のことを研究するようになる日がやがて来るかもしれない。そうなった暁には、アメリカやヨーロッパの日本学者たちは、特定の文献の判読に努めたり、特定の政治制度の発展過程をたどる努力を集中させればよくなり、日本を訪れる必要を認めなくなるかもしれない。そういう時代が到来したら、一部の人々は、日本研究もようやく成熟の域に達したと言って喜ぶだろう。しかし私自身は、それによって貴重なものが失われてしまうだろうと考えている。つまり、過去一世紀にわたって、日本を研究してきた外国人学者たちを鼓舞してきた情熱や愛情が失われてしまうことにならないだろうか。

日本文化のすべてを吸収したいという私の欲求を満足させるためには、多くの時間を日本で過ごすことが最高の方途である。長く日本にいると様々な楽しみを味わうこともできる。しかし、マイナス面がないわけでもない。私が夏の間だけ日本にいたころには、友人たちはしきりに私に会いたがったものだ。私が間もなく日本を去り、九ヵ月間は戻ってこないことがわかっていたからだ。しかしこのごろでは、長いこと東京にいるのだから急いで会うこともあるまいと思うのだろうか、友人たちは何ヵ月もの間、連絡してくれなかったりする。そこで私のほうから電話をかけると、雑誌の原稿の締め切りが迫っているのでとか、著書の仕上げであわただしくてとか、奥さん（あるいはお子さん）が風邪をひいているので治り次第電話をしますから、という返事が返ってくる。それらの返事は決して嘘ではない。しかし、それらの友人たちにしても、私が二週間しか日本にいないということになったら、雑誌原稿や著書執筆の手を休め、家族の風邪のことなど忘れて、会いに来てくれるだろうと思う。言い換えれば、私は日本を訪れている外国人としてではなく、日本人として遇されるようになってしまったのである。

かつて私は〝余所者《よそ》〟に過ぎなかった。定期的に友人たちの前に立ち現れるが、それはごく短期間のことであり、彼らの人生と深くかかわることの決してない存在だった。だが今では、友人たちは秘密も打ち明けたりするようになっているし、彼らの発する〝信号〟に私が日本人的に反応することも期待するようになっているのである。

かつて友人の一人は、数年間ヨーロッパで暮らしていた別の友人を、「あの男はヨーロッパ惚《ぼ》けしている」と評したことがあった。その人は〝信号〟に対して適切な反応ができなくなったということであり、日本特有の、最後まで言い切らない表現にも不適応現象を起こしている、という意味だったのだと思う。

私は今では、たいていの場合、言外の意味を理解することができるようになったし、ほとんどの場合、あいまいな返事をした相手が本当は何を言いたいのか推察することもできるようになった。そのことを知っているので、日本の友人たちは私がすべての〝信号〟を理解することを期待しており、私がその期待に反したりすると、大いに戸惑うのである。日本で暮らしていると、相手が本当は何を言いたがっているのか理解しようとして、絶えず〝信号〟に注意を払わなければならず、そのために神経が疲れてしまうこともある。ニューヨークの友人たちと話をしているときのように、何気ない言葉の背後を探る必要もなく話ができたら、どんなに楽だろうと思ったりもする。

日本には過去何百年にもわたって培われた〝間接的コミュニケーション〟なるものが存在することは、れっきとした事実である。おそらく、鎖国がこの風潮を助長したものと思われる。お茶のことを「あがり」と言ったり、ご飯のことを「お食事」と言ったり、醬油のことを「むらさき」と言ったりする特殊な用語も、一種の間接的表現であり、特定の環境に置かれた人々にしか通じないものである。客人に帰ってもらいたいと思っているときの表現とか、どこへ行くのかと尋ねられて、行き先を明かしたくないときの表現、だれかの行動に対する不快感を表すときの表現となったら、いよいよ微妙なものになる。それらの〝信号〟が理解できるのは、その文化の中に生まれ育った人たちか、私のように多大の時間を費やしてその文化を研究した者に限られるだろう。

ニューヨークにおける生活と、東京における生活は、私にとってかつてまるで異質のものだった。しかし次第に、二つの世界に生きることを、奇妙なことだともショッキングなことだとも思わないようになった。東京の生活は極めて便利かつ快適そのものであり、ニューヨークでは音楽や美術を心ゆくまで楽しむことができるといった違いはあるが、私はその違いを心から楽しんでいる。私はこれから先も、一年をこのように二分して生活できればよいが、と考えている。しかし、もしどうしてもいずれかを選択しなければならないときがきたとしたら、迷わず東京を選ぶことだろう――もっとも、関係当局が許可してくれればの話だが……。かつて私は、日本についてあらゆることを学ぶという、到達不可能ともいうべき目標を設定した。私はこれからも、その目標を目指して歩み続けたいと考えている。

第一の転機

［一九八四・七・二四］

一九八四年の五月、五十三年ぶりにウィーンを訪ねた。九歳になったばかりの私は、貿易商をしていた父にヨーロッパへ連れて行ってくれるようしつこく頼んだが、毎年のように商用でヨーロッパへ行っていた父は、いつも「お前は若すぎる。大きくなったら連れて行こう」と同じ返事を繰り返した。しかし、ある時、父が一歩譲って、「今度ヨーロッパへ行く時、お前の学校がなければ連れて行ってもいい」と言ってくれた。

父はこの約束を忘れたらしいが、私は忘れなかった。その後、父は一九三一年七月に渡欧することになった。小学校が夏休みに入っていたので、連れて行ってくれるようねだった。父が「金が足りない」と言った時、私は自分の銀行預金の額を正確に知っていて、そのお金を私の旅行費に充てればいいと提案した。

父はそれでも納得しなかった。そこで私は三時間ほど泣いた。たいていの子供は私は、簡単に泣くが、私はけがをしたり、自分のしたいことができなかったりした場合、乳児の時は別として泣いたことがなかったので、父は大いに驚き、私を連れて行ってくれた。

この旅行は幼い私にさまざまのことを教えてくれた。まず、外国語を知る必要性を感じた。アメリカ国内ではいくら遠い旅行でも英語だけで通じるので、生徒は外国語を学ぶことに抵抗を感じることが多い。私は外国語を知らなければヨーロッパ人に通じないという体験をしたために、ニューヨークに帰って一日も早くフランス語の勉強を始めたいと思った。

ヨーロッパでもう一つ覚えたのは、歴史の実体であった。フランスの歴史を教科書から習った私は、歴史と小説をあまり区別できなかったが、マリー・アントワネットが住んだ部屋やナポレオンの墓を見た時、教科書にあった数々の事件は本当にあったという実感を覚え、初歩的だが、必要な知識を得ることができた。

ヨーロッパで見た数多い歴史的な意義のあるもののなかでも、一番強い印象を与えたのは、ウィーンにあった、暗殺されたフランツ・フェルディナント大公《たいこう》の血痕《けっこん》のついた軍服や、襲われたとき乗っていた自動車であった。

九歳の私は熱心な反戦主義者であり、そして何よりも戦争が怖かった。大公の軍服や自動車を見ると、これが戦争の発端になり、何百万という人が死ぬ原因になったということがわかり、ぞっとした。それ以来数回オーストリアを訪ねたが、一度もウィーンまで足を運ばなかった。あの軍服の記憶が私の潜在意識に生きていたらしく、ウィーンへの道を閉ざしていた。

ウィーンがすばらしい町であることは言うまでもない。三日間あちこちさまよって町を楽しんでいた。が、遅かれ早かれ大公の軍服を見なければならないと思っていた。私は果たして何を期待していたのだろうか。あるいは私の一生の転機を理解するためのタイムトンネルを見つけることだったかもしれない。ウィーンを出発する前日、いよいよ決意して、血痕のついた軍服を探そうと思った。

私が持っていたウィーンの案内書にあのような不吉な〝名物〟は載っていなかったが、地図を丹念に調べたら、「陸軍史博物館」があることがわかった。早速そこに向かった。

博物館にたどり着くと、どこへ行ったらいいか何となく覚えていた。突然、目の前に、五十三年前からの悪夢が現れた。軍服や、青い羽のついた軍帽を眺め、冷たい目をした大公の肖像画も見た。黒い自動車もゆっくり見た。が、何も感じなかった。期待はずれの結果だった。

五十三年前、パリで外国語の必要性を知り、ウィーンで大公の軍服を見て戦争の恐ろしさを実感した。転機だったに違いないが、その十年後の日本との出会いによって影をひそめたようである。

ヘンな外人

［一九八〇・秋］

初めて会う日本人に、私は毎年、三分の二を日本で過ごしていると言うと、かなり驚くようである。日本に永住するような外国人——宣教師、私立大学で英会話を教えている外国人、あやしい商売に従事している不良外人等——にならそれほど驚かないかもしれない。また、京都や奈良で「ワンダフル、ワンダフル」を連発し、無邪気に感嘆する外国の観光客なら、もちろん誰も驚かない。しかし、私のように二つの国に家があり、それぞれの国に友人がおり、仕事もあり、さらに税金を払う義務もある人間は少ないようなので、私のことを相当よく知っている日本人は別として、私を〝ヘンな外人〟として処理するか、または私の祖国愛を疑っているらしい。

私は自分が〝ヘンな外人〟であることを否定しようと思わないし、また、別に恥ずかしいとは思わない。確かに、一年の三分の二を日本で過ごすことによって、アメリカ国内の政治問題等について関心が薄くなり、流行語や有名人に絡《から》む噂《うわさ》等に疎《うと》い。そのうえ、日本にいてもアメリカ料理が食べたいなあと思ったこともなければ、アメリカの便利さと日本の不便さを比較してみたこともない。日本での日常生活にすっかり馴れてきたので、「いろいろご不自由があるでしょう」というような親切な慰めの言葉を不愉快に思う。

　では、私が完全に日本化されたかというと、そうでもないらしい。アメリカ人同士でアメリカ政府の悪口を言うことは全く当然だと思うが、日本人が同じように非難する場合、仮に私の意見とほとんど変わらなくても、祖国を弁解することがある。なぜだろう。単なる祖国愛に帰すべき現象か。それとも、もっと狭い個人的な原因があるのか。つまり、日本がアメリカと不和になったら、私の現在の生活が不可能になる、という潜在的な心配によるものではないかと思われる。

　同様の立場に立っている日本人も、いるに違いない。いや、私よりはるかに極端な態度をとっている、海外在住の日本人もいる。ある知人は絶対に日本語をしゃべらず、日本食をどうしても食べなければならない羽目《はめ》になったら、フォークを使う。本人にとっては、そのような行動に何か心理的な必然性があろうが、正直に言ってその必然性をよく理解できない私は、彼のふるまいを滑稽《こっけい》に思う。むろん、私の生活ぶりを滑稽または非国民的と思う人が多いだろうということは、覚悟している。

幸い、私の知っている日本人の大多数は、そのような複雑な祖国観がない。現代の日本の政治を憂える日本人も、日本の現代文化を二流、三流のものとして軽んじている日本人も、ヨーロッパやアメリカに非常に惹《ひ》かれている日本人も、日本食(おにぎりでも、そばでも、なんでもいいが)が食べたくなることが必ずあり、外国の生活を楽しんでいても、「今ごろの日本の天気は」等と懐かしく思い出すこともあり、日本の選手が一位になると、最高の喜びを瞬間的に感じることがある。この祖国愛は最も無難であり、ジレンマに導かない。私はそういう祖国愛の持ち主をうらやましく思うが、残念ながら私には真似できない。にもかかわらず、私は決して自己憐憫《れんびん》の情を催《もよお》すことはない。一国に対して愛国心を感じるより、二つの国に対して愛国心を感じたほうが、より望ましいと思うからである。

ところが、二つの国を愛する場合、当事国の国際関係が悪くなったらどうするか、という難問が待ち構えている。二者択一は苦しいと思うが、このような難問をあらかじめ考えておいても、何のたしにもならない。子供の時、このような難問があった。「お前が母親と妻と同船して、船が沈んでいく場合、どちらのほうを助けるか」と。はっきり母親、あるいは妻と答える人はうらやましいが、私にはそれほどの決断力がもともとない。あわてて、三人仲良くおぼれてしまうだろう。

日本人もアメリカ人も祖国愛が強い。しかし、その祖国愛の裏にある祖国観はかなり違う。多くの日本人の常識によると、日本人は世界で全くユニークな国民であり、他国人と根本的に違うから、日本人でなければ日本の風土や文化を理解することは不可能であろうと考え、アメリカ人の常識では、アメリカの文化は普遍的なものなので、他国人は全部それを理解して同調するはずであると考える。両方の祖国観は、ともに誤っていると思うので、〝ヘンな外人〟と〝ヘンな日本人〟が多少殖《ふ》えてもいいのではないかと私は思っている。

外国人との付き合い方

［一九八五・一二］

二十年ないし三十年前に比べたら、外国人を友人にもっている日本人ははるかに多くなっているだろう。留学したことのある日本人は非常に多いはずだし、国内国外で出会った外国人と親しくなった人々もたくさんいるはずである。場合によっては、それら外国人との間の友情は、子供のころや学校時代に形成された日本人同士の友情よりも強いということもあるだろう。最も親しい友人は日本人ではなく、ふだんはどこか遠くの国に住んでいる外国人だというケースさえあるかもしれない。そういう日本人にとっては、それらの友人は単なる〝ガイジン〟ではなく、一人一人が長所・短所のはっきりした、固有の名前をもった人間、つまり国籍は異なるものの、愛情と寛大さと尊敬の対象として認識されている人々である。

しかし、ほとんどの日本人は外国人との間にその種の友情を育てることはない。一部の人にとっては、言葉の障壁があまりに大きすぎるためだろうし、行きずりの触れ合い以上の関係を築くチャンスがない、という場合も多いだろう。多くの日本人は、日本人と外国人はもともと異なっているのだから、友人になろうと努めてもむだなのだと考えているようにも見える。どうも日本人は全体として、外国から来た人々と付き合うことによって自分の人生をより豊かなものにできるのだと考える前に、日本人と外国人の相違点にばかり気を取られているような傾向がある。

たとえば、まずたいていの日本人は、外国人には日本語がわからないものと思い込んでいるようだ。これは、日本人が外国人と接する場面では、必ずと言っていいほど見受けられるところで、私は毎日のようにそういうケースにぶつかる。たとえば、街頭で何かのチラシを配っている若い人たちは、決して私にそのチラシを手渡すことがない。受け取る相手に日本語が読めようと読めまいと、とにかくできるだけ早く全部のチラシを配ってしまいたいのではないかと思われるのだが、しかし、チラシ配りをしている人たちは良心的日本人に属するらしく、やはり読めない人に手渡してチラシをむだにしたくないと考えるようである。先日も東京の数寄屋橋《すきやばし》を通りかかったところ、二人の若い女性が公団住宅のチラシを道行く人々に配っていた。二人はおしゃべりをしていて、チラシの受け取り手がだれであろうとあまり気にしていないようだった。一人が私にチラシを差し出した。受け取ろうとして手を出すと、もう一人のほうが「外人よ！」と注意をし、そのチラシは引っ込められてしまったのだ。私は公団住宅に興味があるわけではないのだが、他の人がみなチラシを渡されているのにこの私だけがもらえないとなると、どうも差別されたような気がしてならないのである。

先日も同じような経験をした。一人の女性が私に道を尋ねかけたのだが、質問の半ばで私の顔をまじまじと見つめたかと思うと、口を開いたまま質問を中断してしまったのだ。まるで道端のお地蔵さんか、あるいは犬や猫に道を尋ねていたことにはたと気がついた、とでもいう感じだった。私は尋ねかけられた場所への道順を知っていた。そこで、ある種のジレンマに陥ることになった。その女性に合わせて、日本語をまったく解さない外国人の役を演じつづけるべきなのだろうか。それとも、丁寧な日本語で道順を教えるべきなのか。あるいはまた、嫌味のひとつも言って彼女が将来、外国人を特別視することのないようにしてやるべきなのだろうか。だが、私が迷っているうちに、その女性はさっさと別の人をつかまえて道を尋ねはじめたのである。ところがその人（日本人）は、答えることができなかったのだ。私はなぜかうれしかった。

外国人には日本語がわからない、という日本人の思い込みは相当に根の深いもので、私が四十年も日本語の勉強をしていることを知っている人々のなかにさえ、私に日本語の読み書きができるとは思っていない人が何人もいるのだ。私に名刺を差し出す際にも、わざわざ五分もかけて、名刺入れの中の、ローマ字で名前の印刷されたものを探す人たちがいる。田中一郎とか山田正男というような、読み間違えようのない名前の人の場合でも、ローマ字の入った名刺を探そうとするのである。

最近、私は『百代《はくたい》の過客《くわかく》』という、日本人の日記に関する研究を上梓《じょうし》した。もとは「朝日新聞」に連載されたのだが、連載中によく日本の人々から――まるで恥を告白するような口調で――扱われている日記のなかには自分が聞いたことのないものもあると言われたものだ。しかし、その人たちの知らない日記があったとしても、少しも不思議ではない。なぜなら、私が扱った日記のなかには、世間的にはまるで知られることがなく、かなり詳しい日本文学辞典にも記載されていないものもあったからだ。私がそれらの日記のことを知っていたのは、日本文学の研究を専門としているからにすぎない。そして、その人たちは日本文学の専門家ではないというだけのことである。しかし、日本語で書かれたものに関しては、年齢や職業に関係なく、日本人のほうがいかなる外国人よりもよく知っているのにという思い込みが一般に存在するようである。

そう思い込んでいる日本人は、日本文化について知識をもっている外人がいたりするとびっくりするが、それは決して悪意に基づいているわけではない。外国人には日本語がわからないのだという考えは、おそらく日本が鎖国していた当時に生まれたものだろうと思うが、その後も親や教師たちが、日本人は外国語を読むことができるけれど外国人には日本語は読めないのだ、と子供たちに教えつづけたために、日本の社会のなかにますます深く根を下ろすことになったのだろう。外国人旅行者たちの多くが日本語をまったく解すことがないために、日本人はますます自分たちの考えが正しいものと思うようになってしまう。しかし、たまたま日本を訪れたような人々と、日本研究に一生を捧げている人間とを区別しないのはおかしな話ではあるまいか。専門家がその専門分野に関する知識をもっていたところで、少しも驚くには当たらないと思うのだが。

外国人には日本がわからないのだという日本人の思い込みは、言葉以外の分野にも及んでいる。何年か前の話だが、ある大手の広告代理店で働く友人から昼食に招かれたことがあった。会社に出向くと、その友人が少々当惑したような顔をしている。何ごとかと思ったら、彼と私が一緒に食事をすることを知った同僚たちが、社員のために短いスピーチをするよう私に頼んでほしいと言い張るのだという。そのときは、もう否も応もなかった。社員たちはもうホールに集まっていたのだ。私にとってはまったく突然のことであり、用意など何一つしてはいなかったのだが、私はスピーチをすることを引き受けた。そして、その会社の社員の多くは外国に出張する機会もあることだろうから、外国人に贈り物をする際の心得について話そうと思った。スピーチに先立って行われた紹介によると、私は日本に関する偉大なるエキスパートであり、日本のことなら日本人以上によく知っているのだということになっている。そんなふうに紹介されると、私はいつも落ち着かない気持ちになる。両手で顔を覆うべきなのか。それともその称賛の言葉が聞こえないようなふりをして、平然と聴衆を眺め渡していればいいのだろうか。ともあれ、紹介が終わったところで短いスピーチをした。スピーチの要旨は、外国の友人に贈るプレゼントは、自分でももらってうれしいものを選ぶべきだというものだった。教養のない兵士などだったら、いわゆる〝外人好み〟の派手なジャケットやネクタイを喜ぶかもしれないが、しかし、すべての外国人がその種のものを好むと考えるのは間違いである。プレゼントを受け取るときは喜んだとしても、やがてその趣味の悪さに気づき、処分してしまう人も多いに違いないのだ。そして、自分がそんな悪趣味なものを好むだろうと日本人の友人が考えたことに対して、腹を立てることだってありうるだろう。

スピーチが終わったところで、私はプレゼントを贈られた。あとで開けてみると、歌舞伎の隈取《くまど》りをデザインした、とても高価そうな絹のしぼりのネクタイだった。しかし、こんなネクタイをしたいと考える日本人はいないだろう。私にしたってまっぴら御免だ。つまり、そのネクタイは紛れもない〝外人好み〟であり、私がスピーチの中で非難したものにほかならなかったのである。もちろん、そのプレゼントは私がスピーチをする前に買い求められたものであり、買った人は私がどんなスピーチをするか知らなかったわけだが。それにしても、(紹介の中で述べられていたように)私が日本のことをいろいろと知っていると考える人たちが、私に日本的趣味がわからないと考えたのはどういうわけだろうか。それとも、ヤシの葉陰にたたずむ裸の女が手描きされたネクタイなどを贈られなかったことに、感謝しなければいけないのだろうか。

同じようなことは食事についても言える。外国人のてんぷら好きはよく知られており、そこでレストランなどでは、会食者のなかに外国人がいることがわかると必ずメニューにてんぷらを加える。レストランとしては外国人に喜んでもらおうと考えているのだろうが、外国人のほうは、日本の食事には毎回必ずてんぷらが出ることに気づくだろう。そして、日本の食事は単調だと考えるようになるかもしれないし（事実、そういう外国人が多いのである）、外国人だからといって、毎回毎回、てんぷらが食べたいわけではないことに気づかないのはどういうわけだと、いらいらしはじめるかもしれない。逆の場合を、つまり、海外に滞在している日本人の場合を想定してみればわかりやすいだろう。食事に招待されるごとに、日本人だからという理由で、メニューに関係なく毎回米の飯が出されたとしたら、その人はどう思うだろうか。友人たちの心尽くしはありがたいと思うかもしれないが、ありのままの欧米の食事の味がわからないのだと思われているらしいと感じて、少々腹立たしくなったりするのではないだろうか。

東京の高級な料亭のなかには、外国人用の分厚いクッションを出すところがある。外国人は日本人と同じようにすわれないだろうから、というわけだ。これまた日本式親切心の一例である。そんな玉座のようなところにすわって他の人たちを見下ろすことになったら落ち着かないかもしれないのに、料亭側はそんなことは斟酌《しんしゃく》しない。クッションが必要か、と尋ねることもない。前の日に日本に到着したばかりの外国人に対しても、三十年も日本に住んでいる外国人に対しても、同じようにクッションを出すのである。ここで、ふたたび海外に滞在している日本人の場合を考えてみよう。日本人が畳にあぐらをかいて食事をすることを知っているホストがいて、他の人がみな椅子に腰かけているのに、その日本人のためだけにあぐらがかけるような特別の座席を設けてくれたとしたら、その人はどんな気持ちがするだろうか。うれしいはずはない、と私は思うのだが。

外国人に接する際の日本人の態度は、外国人に対する嫌悪感に起因するわけでもなければ、ましてや外国人を困らせてやろうという気持ちがあってのことでもない。それどころか、外国人を喜ばせたいと思っているのである。しかし、さらに考えれば、日本人は自分たちと外国人の相違を意識しすぎているのであり、そのために外国人に接する際に特別な努力を払いがちなのである。日本にやってくる多くの外国人は、そのような日本人の心遣いに魅力を感じる。日本的心遣いがありがた迷惑であったとしても、外国人に対する嫌悪感を見せつけられるよりはましというものだろう。しかし、今では日本文化だけではなく日本語さえ世界の人々にかなり知られるようになっているという事実に、そろそろ気づいてもいいのではないだろうか。

事態が徐々にではあるが変わってきていることも事実である。今の若い人たちは、親たちの世代に比べれば、外国人を自分たちと同様の人間として受け入れやすい情況にある。クラスメートのなかに在日外国人の子弟や留学生がいるケースも多いから、外国人が日本語を読むことに別に驚かない人たちもいる。外国人と一緒にスポーツを楽しんだ経験のある人たちもいるだろう。そういう人たちは、外国人が決して超人的な能力をもっているわけでもなければ、話にならないほど劣っているわけでもないことを十分心得ている。そして、ほとんどの日本人は、ひと口に外国人といってもいろいろで、きわめて愚かな人もいれば大変に優れた頭脳の持ち主もおり、とても残酷な人もいれば珍しいぐらい柔和な人もいることを知っているはずである。国籍には関係なく、だれの心の中にもある程度のナショナリズムは存在する。だから、外国人と付き合う場合には、自国の人間と付き合う場合よりも問題が生じがちであることは否めない。しかし、相違点にばかり気をとられていると、異なった国々の人を結びつけている共通点が見えなくなってしまうおそれがある。国籍を問わず、友人は友人なのだから、何か珍奇なものとしてではなく、(古い言い方かもしれないが)〝もう一人の自分〟として接しなければいけないのである。

海外における日本研究

［一九八四・九・一八］

海外の日本研究者が、現在、日本にいったい何を望んでいるかについてお話しするのは、私にとって、かなりむずかしいことです。というのは、日本研究については、現在では、専門分野が分化してしまっているからです。

私が日本について勉強し始めたころは――四十年以上も前のことになりますが――文学だけではなくて、一応、歴史についても、美術についても、宗教についても勉強しました。しかし、現在の学者はもっと細かい専門分野で深く研究しています。ですから私は、たとえば今アメリカの大学で日本経済を研究している人がどのような情報を欲しがっているかというようなことについてはまったく知らないし、お話しすることもできないのです。また、美術については、多少は知識もあり興味もありますけども、専門の研究者がどのようなことを知りたがっているかは、一人一人に聞いてみなくてはわかりません。文学についてなら自信をもって話せますが、しかし文学だけにしぼってしまうと、話は十分で終わってしまいます。そういうことで、海外における日本研究の歴史のあらましと、これからの日本研究のあり方についてお話ししてみたいと思います。皆さんが御存知のこともあると思いますが、あるいは御存知ないこともあると思います。

日本学小史

四百年は長いか短いか

外国人による日本学がいつから始まったかというと、だいたい四百年前だということになっています。四百年というと大変に長い歴史をもっているとお思いになる方もあるでしょうが、私は短いと思っています。つまり、日本と朝鮮、あるいは中国との関係は千数百年前からあるわけで、そのころから日本研究といってよいものがあってもよかったと思うわけです。ところが、私の知るかぎり、朝鮮人も中国人も日本研究をしようとはしなかった。確かに通訳は日本語を勉強したでしょうし、また中国の歴代の歴史書には、必ず日本に関する記事が載っていました。しかし、その記事というのは、何百年経っても変わらないこともあったし、それに日本の資料を使っての記事はほとんどないようです。ですから、本物の日本研究はなかったと考えてよいだろうと思います。

見事な『日葡辞書』――ポルトガル人の時代

初めて日本のことを研究しようとしたのはポルトガル人でした。動機はキリスト教の伝道です。中国の場合は、文化の中心地は中国で周囲は野蛮国であると考えていましたから、よその国のことを学ぼうというようなことは考えつかなかっただろうと思います。周囲の国の人が中国語を勉強して、中国までやって来て、中国のことを学べばそれでよかったわけです。中国人が自国の文化を押しつけようと、わざわざ海を越えて、儒教や仏教を伝道するということはまずなかった。その点、キリスト教は違っていました。最澄《さいちょう》や空海《くうかい》といった人は仏法を求めて海を渡りましたが、しかし、日本人でキリスト教を求めてヨーロッパに渡った人はいません。外国人が日本に来て、日本語を使って、そして日本人に伝道しなくてはなりませんでした。通訳を使ったこともありましたが、うまくいかなかったようで、ポルトガル人は極めて早い時期から日本語を学び始めました。

たとえばフロイス（Luis Frois）という宣教師がいます。彼は十六歳のときにインドで日本人に会いました。パウロ・弥次郎《やじろう》です。この弥次郎から日本語を学んだに違いないと思います。フロイスは二十九歳まではインドのゴアにいて、一五六三年に初めて来日しています。彼の仕事は伝道でしたが、『日本史《にほんし》』という大著があり、『日欧文化《にちおうぶんか》比《ひ》較《かく》』という本もあります。

そういう仕事をするためには、まず日本語を勉強しなくてはなりません。当時の教養のあるヨーロッパ人にとって、外国語といえばまずはラテン語でした。それで、外国語を学ぶときには、いつもラテン語を学ぶときの姿勢が基準になります。これは第二次大戦まで同じで、ラテン語をモデルとして、他の外国語はラテン語に近いか遠いかという判断をするのです。第二次大戦のときのことですが、英国で初めて若い軍人に日本語を教えた際は、ラテン語を専攻した学生を募りました。つまり、ラテン語がよくできる学生だったら、日本語もよくできるだろうというわけです。当時の教科書を見ると、たとえば〝馬〟について、〝馬が〟〝馬に〟〝馬を〟といったふうに、まったくラテン語式に書かれていました。

フロイスよりやや遅れて、ロドリゲス（João Rodriguez）という人が十六歳で日本にやって来ました。当時はまだ神父ではなくて、九州の大分にコレジョ（神学校）がありましたが、そこで勉強して、十九歳のときに神父になりました。彼は日本語が実に上手になりました。ポルトガル語よりも上手だったそうです。豊臣秀吉《とよとみひでよし》、後になって徳川家康《とくがわいえやす》の通訳などをしましたが、家康とは特に親しかったようです。彼は『日本大文典《にほんだいぶんてん》』という三冊本を著しました。極めて詳細な本で、それが出版されるのが慶長十三年（一六〇八）のことです。

それより前、慶長八年、『日葡辞書《にっぽじしょ》』が出来ます。これは大変な仕事でした。語数からいうと三万二千八百語もあり、出典・用法・関連語があって、しかもどこからの引用であるか明記されています。最近、日本語とビルマ語、日本語とタイ語の辞書が出来たと新聞に出ていましたが、それが五千語ぐらいです。四百年も前に作られた『日葡辞書』の規模の大きさがわかります。ともかく『日葡辞書』はいい辞書で、ずっと後になって、この辞書のフランス語訳が出ます。一八六八年、明治元年のことです。一六〇三年という江戸時代の初めに出来たものが、その江戸時代の終わりにフランス語訳が出たことになるわけです。『日葡辞書』は実に長い間通用したすばらしい辞書でした。

鎖国礼讃――オランダ人・ドイツ人の時代

一六三六年（寛永十三）、ヨーロッパ人は、オランダ人を除いて、日本に来られなくなってしまいます。もうスペイン・ポルトガルの時代は終わって、次はオランダの時代でした。長崎に人為的に作った島、今は〃でじま〃といいますが、当時の発音は〃でしま〃でした。出島には常時、オランダ人が五、六人いました。その中には医者もいて、医者は普通の商人と違って教養があり、日本について研究する人もいました。しかしいい研究をした医者というのは、実はオランダ人ではたった一人しかいません。ドイツ人とかスウェーデン人の医者がいい仕事をしました。その人たちの仕事のすべてをお話しするわけにはいきませんので、二、三の人の仕事について触れてみようと思います。

ケンペル（Engelbert Kämpfer）というドイツ人医師がいました。彼は一七一六年に亡くなりましたが、その十一年後に彼の『日本誌《にほんし》』が出版されました。これは英訳で、ドイツ語原本が出るのはかなり後のことです。ちょっと面白い話ですが、スウィフトが『ガリヴァー旅行記《りょこうき》』を書いたときには、どうもケンペルのドイツ語原稿を読んでいるらしいのです。つまり、『ガリヴァー旅行記』は英訳の『日本誌』が出る前に書いていますが、ガリヴァーは日本に行って、オランダ人が踏み絵を踏まされる様子を見たことになっています。これはケンペルから得た知識です。また〃鎖国〃という日本語はケンペルがこの本で用いた言葉の訳語でした。この言葉が出来るのは享和元年（一八〇一）のことです。この新語を造ったのは、オランダ語版『日本誌』の終わりの部分を「鎖国論」として翻訳した長崎在住のオランダ語通詞、志筑忠雄《しづきただお》だったと思います。

興味深いのは、ケンペルもそうだし、他の人もそうだったのですが、彼らは鎖国を礼讃しました。常識的に考えるなら、外国人にとって、鎖国というのは不愉快な政策であり、貿易という行為は当然の権利であると考えていたはずなのですが、それでも、彼らは鎖国を高く評価していたのです。その理由は、一つには平和が長く続くこと、さらには自給自足でも十分であることです。輸入するものといえば、贅沢品で、あってもなくてもよいようなものばかりでした。

スウェーデン人のツンベルグ（Carl Peter Thunberg）は一七七五年（安永四）に日本にやって来て、江戸で将軍に会ったりしています。そしてスウェーデンに帰って国王に会い、真面目に幕府の説明をし、スウェーデンでも幕府を作ることを建策するのです。国王も本気で幕府を作ることを考えたらしいのですが、残念なことに暗殺されてしまいました。オペラの好きな方は御存知でしょうが、ヴェルディの『仮面《かめん》舞踏会《ぶとうかい》』のモデルになっているグスタフ三世です。

オランダ人のティチング（Izaac Titsingh）は一七七九年（安永八）から一七八四年

（天明四）まで出島にいましたが、ヨーロッパに帰るときに、林子平《はやししへい》の『三国通覧図説《さんごくつうらんずせつ》』を持って帰ります。三国というのは蝦夷《えぞ》、琉球《りゅうきゅう》、そして朝鮮という当時の三つの外国です。ティチングはこの本をドイツ人のクラプロート（Heinrich Julius Klaproth）という人に貸します。この人が翻訳をするのですが、おそらく日本の書物の翻訳の最初のものではなかったかと思います。一八三二年（天保三）のことです。クラプロートはドイツ人でしたが、フランス語に訳しています。文学作品の翻訳が出るのは、もう少し後になってからのことです。一八四七年（弘化四）、柳亭種彦《りゅうていたねひこ》の合巻『浮世形六枚屏風《うきよがたろくまいびょうぶ》』がドイツ語に翻訳されます。翻訳者はオーストリア人で、プフィッツマイア（August Pfizmaier）という人です。彼はシーボルト（Philipp Franz von Siebold）から、その本を貰ったのでしょう。

明治の外交官たち——イギリス人の時代

ずっと時代が下がって明治時代になると、日本学のイギリス人の時代が始まります。最初はポルトガル人、次はオランダ人、あるいはドイツ人、それからイギリス人ということになります。

明治になって、各国の外交官が日本にやってくるようになりました。「朝日新聞」に連載されていた萩原延壽《はぎはらのぶとし》さんの『遠《とお》い崖《がけ》――アーネスト・サトウ日記抄《にっきしょう》』に詳しく書かれていますが、当時の人たちの苦労は大変なものでした。それでも少なくとも三人のイギリス人の外交官が、日本語に素晴らしく堪能になりました。それはサトウ（Ernest Mason Satow）、アストン（William George Aston）、チェンバレン（Basil Hall Chamberlain）です。私はかつてケンブリッジ大学で教えていたことがありますが、そこにアストンの使っていた手帳などがおさめられています。それを見るとアストンは日本語を覚える時、想像を絶するほどの苦労をしているわけです。まず、仮名が統一されていませんでしたから、たとえば違った〝ず〟が出てくると、それが同じものだとは思わなかった。それに木版本というのは楷書になっていません。行書か草書ですから、それを覚えなくてはなりませんでした。その上、彼の研究対象は『日本書紀《にほんしょき》』でした。チェンバレンも『古事記《こじき》』を研究したわけですが……。

イギリス人の時代はかなり長く続きました。次の世代はアーサー・ウエーリ（Arthur Waley）とか、ジョージ・サンソム（George Sansom）といった人たちが出て来ます。サンソムさんは素晴らしく日本語が達者でした。そういった伝統が戦前のイギリスにはあったのです。

現在、海外での日本研究の中心はアメリカにあると思いますが、しかし、アメリカの伝統は浅いのです。アメリカの外交官の中にも日本語を勉強した人たちがいましたが、彼らの書いたものの中にめぼしいものはありません。もう一つの伝統はロシアにあります。それは帝政ロシアからの伝統で、今もって脈々と続いているといってよいと思います。

帝政ロシア日本語学校の系譜

今まで研究者個人を問題にしてきました。次に組織としての日本研究のあり方について述べてみたいと思います。

最初の日本語学校がどこにあったかというと、それはロシアのペテルブルクです。一六九七年にデンベエという日本人が漂流して、ロシア船に助けられ、ペテルブルクまで連れて行かれます。そして一七〇二年にピョートル大帝に謁見を許され、大帝は四、五人のロシア人青年に日本語を教えるよう命じたのです。それが海外における日本語教育の始まりです。学校が創立されたのは一七〇五年です。それが一八一六年まで続きました。百十一年間ですから、かなり長く続きました。教師はだいたい漂流民で、偶然ロシアの海岸に流されて来た漁師です。漁師ですから、当然教養はありませんでした。しかも、日本のいたるところの漁師ですから、その漁師同士、お互いに言葉が通じないということもあったほどです。教科書には、だから東北の方言もあれば、和歌山の方言もありといった状態で、結果として、これほど効果の上がらなかった外国語学校も珍しいと思います。成績表のようなものが残っているのですが、あるロシア青年は十九年もの間日本語をやって、少しも日本語がわからなかった。それは仕方がないといえば仕方がないことです。ともあれ、それが最初の日本語学校で、しかもそれしかありませんでしたから、クラプロートのような人が——『三国通覧図説』をフランス語に翻訳したドイツ人ですが——日本語を勉強しようとしたときも、やはりそこに行くしかなかったのです。

その後、一八一一年(文化八)のことですが、江戸幕府は外国に日本語学校があるということを知ります。当時はもうペテルブルクではなく、シベリアのイルクーツクに移っていましたが、イルクーツクに日本語学校があると知って、当時の幕府は喜ぶどころか非常に不愉快に思ったのです。スパイの学校であると考えたのでしょうか。しかし、現在の日本の政府の態度というのも、実はあまり変わっていないように思います。外国の日本語学校にはなかなかお金を出してくれません。

後になってペテルブルクに東洋語学校ができて、そこに日本語科が設けられました。二十世紀の初めに、そこに有名な一人の教師がいました。エリセーエフ(Serge

Elisseeff）です。後にハーヴァード大学の教授になった人です。彼は白系ロシア人として、ペテルブルクからフィンランドに入り、そこからパリに行ってしばらく滞在した後に、ハーヴァードにやって来たのです。エリセーエフは日露戦争のすぐ後に日本に留学生としてやって来て、当時留学生が非常に少なかったためか、多くの文化人との交際がありました。夏目漱石がエリセーエフの姿を俳句に詠んでいるくらいです。

他にもランミング（Martin Ramming）というドイツ系のロシア人がいましたが、彼はベルリンに行き、ベルリンで日本語研究の基礎を作りました。ロシアにそのまま残った人として、コンラッド（Nikolai Iosifovich Konrad）という人がいて、ごく最近、一九七〇年まで生きていました。ソヴィエトの日本語研究の伝統はこのコンラッドが作ったものです。革命の後、数人の学生をレニングラードに集めて日本語研究をさせた。その学生たち、コンラッドの弟子たちが、のちにレニングラードやモスクワの大学で教えています。

当時のドイツの日本研究の中心人物はフロレンツ（Karl Florenz）です。彼はハンブルク大学にいて、ハンブルクの伝統を築きました。

オランダのライデン大学には昔から、オランダと日本の関係から、日本研究の伝統がありました。しかし、ヨーロッパのどこでもそうですが、研究所があるといっても、スタッフは一人ということが多く、一人で何もかも研究し、そして教えていたのです。当時のライデンにいたのはラーデル（Johannes Rahder）という実に変わった人でした。奇人の中の奇人といってよいと思います。彼は戦時中ドイツに協力したということで、後にオランダから追放されますが、私は彼は絶対にドイツに協力したとは思いません。ただ彼は戦争が起こっていることを知らなかった。こういう話があります。爆弾が落ちて、ガラスの破片が道路のいたるところにありました。オランダの人たちはよく自転車を使って大学に行くのですが、そんな状態ではもちろんパンクしますから、みんな自転車は置いて歩いて行きました。しかし、ラーデル先生は爆撃のあったことなど知りもしなかったのでしょう。研究室に行くことしか念頭にない様子で自転車を担いで大学まで行ったというのです。彼はオランダにいられなくなって、アメリカのエール大学にやって来ます。まだ生きていらっしゃいます。

ロンドンには東洋・アフリカ研究所というのがあって、一九一六年に創立されましたが、しかし私の知っている限り、戦前には日本語の授業はありませんでした。戦時中は若い人たちが日本語を勉強するようになりましたし、戦後になって、日本語学で学位を取れるようになりました。しかし、現在は事情は違いますが、私がイギリスにいたころには、教師も学生もまだまだわずかでした。

三人の研究者――アメリカにおける日本研究の始まり

アメリカというと、ずっと以前から、日本研究とはいえないまでも、日本のことに詳しい人はアメリカ各地にいました。政治学者で、日本の大学で教鞭を執ったことがあって、専門はヨーロッパの政治学だけれども、日本の政治についても講義するというような人がいました。それから、日本の美術に興味を持っている人が結構いました。美術の都合のいいところは、日本語を全然知らなくても、一応研究しているような気になれるところです。絵を見て、この線が弱いと思いませんかと先手を打っていえば、それに対して誰も反対しにくい。そういった類《たぐい》の日本美術研究がありました。

アメリカ人による日本研究が始まったと言えるのは、一九三五年ごろになってからでしょう。その頃、ロックフェラー財団がお金を出して、三人の有望な青年に日本の研究をさせました。ところが、この三人が行ったのは日本ではなかった。二人がパリで勉強し、もう一人はオランダのライデン大学に行きました。ライシャワー

(Edwin Reischauer) とファース (C.Burton Fahs) がパリ、ボートン (Hugh Borton) はライデンでした。ライシャワーさんが一番有名ですが、この三人がアメリカでの日本研究の基礎を作った人たちです。

組織としての日本研究の始まりは、コロンビア大学だったと思います。私の教わった角田柳作《つのだりゅうさく》先生はジョン・デューイの研究をするためにコロンビア大学に来られた方です。それまでコロンビアでは中国研究だけで、日本研究は行われていませんでした。角田先生はお金を集めて、本をそろえ、そしてコロンビア大学の中に日本研究所を作ったのです。それが一九二八年のことです。角田先生、そしてサンソム卿もコロンビアで教えていました。もう少し後になりますが、ボートン助教授は日本近代史を教え、ヘンダーソン助教授 (Harold G.Henderson) は日本美術史を教えていました。

ハーヴァード大学のほうは、一九三二、三年にパリからエリセーエフ教授を聘《よ》んで、それから日本研究が始まります。後になってライシャワーさんがこれに加わります。エール大学のほうは朝河貫一《あさかわかんいち》先生がいらっしゃいました。大変に変わった人で、会うのがとても難しい人でした。私はそれを知らずに先生の研究室に行って、お会いしたことがあります。ドアをノックしたけれど返事がない。試しにドアを開けたら開いたので、部屋に入って、挨拶をして、少しお話しすることができました。後でエール大学の人に朝河先生に会ったといったら、みんな驚いていました。一度も朝河先生の姿を見たことがないというのです。それほど人間嫌いだったのです。

その他に、アメリカ西海岸の日系人の多いところには、日本語学校がありました。それはだいたい小学校、中学校まででしたが、また大学でも日本語を教えていました。ハワイ大学、カリフォルニア大学、そしてワシントン大学、それぞれ一人ぐらいは、日本語の先生がいました。

そういったものがあって、その他にも、日本研究とはいえないのですが、各国の大使館員には当然日本語を勉強する人たちがいました。私が日本語を勉強したときに使った教科書は長沼直江《ながぬまなおえ》という人が作ったもので、アメリカの海軍武官のために作られたものでした。

私の日本研究

ライシャワー、エリセーエフ両先生の日本語教科書

一九四一年、私は日本語を勉強し始めました。最初は家庭教師についたのですが、その年の秋から、コロンビア大学で本格的に日本語を勉強し始めたのです。そのとき、クラスの学生は四人、私以外の三人は女性でした。それぞれ日本に二、三年いたことがあるし、特に日本美術が好きである、それに暇であるなどという理由で、日本語を勉強していたわけです。

その同じ年に出来た教科書がありました。ハーヴァード大学のライシャワー、エリセーエフ両先生の作られたものです。それは外国人学生のための最初の日本語教科書ですが、日本語を読めるようになるためのもので、話せるようになるためのものではありませんでした。

当時の常識としては——それは長く尾を引いた考え方だったのですが——日本語はとても便利で、役に立つ言語だと考えられていました。なぜなら中国の書物の注釈書や研究書は日本語で書かれているから、日本語は中国の本を読むのに便利だというのです。またラテン語を基準にして、日本語にはテニヲハがあるから、ヨーロッパ人にはわかりやすいと感じる。中国語にはそれがないから、動詞なのか名詞なのかわからない時があります。それで日本語を勉強するわけですが、日本語のために勉強するのでなく、日本語は単に道具であると割り切っていますから、話せなくともいいと考えている人が多かったのです。同じ目的で、たとえばドイツでは満州語を勉強する人がいました。乾隆帝《けんりゅうてい》時代に、中国の書物が満州語との対訳で出されました。そこで満州語を勉強して、その満州語に頼って、ドイツでは中国の書物を読んだわけです。アメリカではその伝統がなくて、中国のものを読むために日本語を勉強する、そんな人たちがいたのです。

海軍日本語学校

戦争が始まると事態は変わりました。戦争の始まるすこし前、昭和十六年（一九四一）十月、アメリカ海軍がハワイに日本語学校を作りました。まず、日本で生まれたアメリカ人、つまり宣教師の息子などを募って日本語学校を作ったのです。そして、そういう人たちには、もっぱら日本語の会話から勉強を始めさせました。

戦争が始まると、ハワイの学校はすぐに終わり、新たにハーヴァード大学とカリフォルニア大学バークレー分校に二つの日本語学校が作られます。やはり宣教師の息子のような人を選んだのですが、そうそうは宣教師の息子がいるわけではなくて、私が第二回生として入学した一九四二年の二月ごろは、大学でも優秀な成績をおさめている学生ということになっていました。エリート教育の一環として行われたのです。当時バークレーにいたのは三十人ぐらいでした。

後になって数が増えて、海軍だけで二千人ぐらいが日本語を勉強するようになり、陸軍の日本語教育が始まるのは半年ぐらい遅れますが、それでも千五百人ぐらいが日本語を勉強するようになりました。それだけの人が日本語の勉強をしたわけですが、今その中で日本研究にたずさわっているのはせいぜい二、三十人です。ある意味では実に贅沢な教育だったといえます。

戦時中のことで、費用は問題になりませんでした。一クラスに多くて六人、平均して四人。一日に四時間。講読二時間、会話と書き取りがそれぞれ一時間。そして、それが一週間のうち六日間続きました。毎週土曜日の午後は試験がありましたから、四六時中、日本語のことを考えていました。他のことは考える暇がなかったのです。学生の一人が海軍のことも少しは知ったほうがいいと学長にいったところ、学長は海軍では何をしたら死刑になるか、たとえば故意に船を沈めてはいけないとか、そういったことだけを教えてくれました。ですから、私は軍隊のことについては何も知らなかったので、嘘のような話ですが、初めて軍艦に乗ったとき、どちらが舳先《へさき》で、どちらが艫《とも》であるかもわからなかったのです。

私たちは十一ヵ月勉強したのですが、後になって十八ヵ月勉強するようになりました。そして、海軍の調査によってわかったことですが、アメリカ人にとって一番マスターしにくい言語は日本語でした。中国語はまだいいほうです。ロシア語はわりあい簡単です。マレー語だったら三カ月で簡単に覚えられます。この、日本語が一番難しいという考え方は、今でも続いています。

イギリスにも日本語学校があったのは、先にいった通りですが、アメリカのもののほうがいいというので、イギリス人もアメリカに来て勉強していました。現在ロンドン大学で日本語を教えているビズリー教授（W.G.Beasley）、そして後に私の同僚になったアイヴァン・モリス教授（Ivan Morris）もアメリカで勉強したのです。

就職口のない日本研究者

戦後、私たちはせっかく日本語を勉強したのに、就職口などまずありませんでした。日本人を含めて、たいていの人たちが、日本が復興することはまずありえないと考えたのです。この考えは戦後かなり長い間続きました。昭和二十九年（一九五四）に京都で国際会議がありました。この時、当時の京都大学の経済学教授は、少しでも日本の経済状態がよくなったら労賃も上がる、労賃が上がると、日本の商品の良さ――つまり安いことですが――それがなくなってしまうので、日本の経済は結局のところ悪循環に陥ってしまうという論法を展開してみせたのです。そういう状況では日本研究を活かして就職するということは諦めざるをえませんでしたから、日本語を学んだ学生たちは日本研究をやめて弁護士になったり、ビジネスマンになったりしたのです。私自身はまだ若かったし、他に出来ることもなかったので、勉強を続けました。研究を中国に切り替える人もかなりいました。未来は中国のほうにあると考えたのです。また、アメリカよりもイギリスのほうが可能性がありました。イギリス政府は東洋のことをしっかり学ばなくてはならないというので、奨学金を出していました。

私はまだ学生としてイギリスに行ったのですが、ちょうどいい時期に行ったと思います。ケンブリッジ大学ではスタッフを増していました。日本語の講師一人、副講師一人です。私はその副講師になることができました。副講師は下っ端でしたが、イギリスでは当時アジアの各国の言語への関心が高まっていました。単に日本語だけでなく、ペルシャ語やトルコ語、あるいはチベット語などに対してもそうだったのです。

しかし、イギリスではやはり外国語としてラテン語を尊重する空気が強く、日本語を学ぶ場合にもまず文語から始めました。一年生はまず『古今集《こきんしゅう》』の序文を読みました。それは、日本人の常識に反するかもしれませんが、ラテン語をよく知っている人間にとっては、大変良い方法でした。なぜなら、『古今集』序文の文法ははっきりしています。現代日本の文章で、あれほどはっきりしている文法を持ったものはありません。そして、漢字がいたって少なく、また語彙も多くありません。『古今集』全体で語彙は約二千です。ですから、学生たちは簡単に日本語に入って行くことができたのです。しかし、そのために彼ら学生の会話は、実に奇妙なものでした。私は彼らに会話を教えたのですが、彼らは文語体で話していました。〝おとこ〟を〝をのこ〟といったり、〝おんな〟を〝をみな〟といったりしました。しかし、立派な学者がそんな中から出ました。

ケンブリッジ大学はそういう状態で、ロンドン大学も似たようなものだったと思いますが、オックスフォード大学はまだ古い考え方をしていました。つまり、中心は中国研究であって、日本語はそのための補助手段であると考えていたのです。何年頃であったか覚えていませんが、私はオックスフォードの日本の本の蔵書を見たことがあります。本棚一つで十分におさまる量でした。それに、教授というのは中国のほうが専門で、日本のことにはまったく関心を持っていなかったのです。当時のヨーロッパ人の常識は、はっきりいいますと、日本文化は模倣の文化に過ぎないというものでした。まず中国を模倣し、その次にドイツを模倣したのだから、中国文化とドイツ文化を合わせたような文化だというわけです。

その後、私は日本に留学して、その留学期間中にコロンビア大学から就職の話が持ち上がりました。当初ケンブリッジ大学に戻るつもりでしたが、ケンブリッジは日本にいることを一年間しか許してくれなかったのに対してコロンビアは二年間許してくれました。私は出来るだけ長く京都にいたかったのでコロンビアのほうを選びました。

スプートニク打ち上げの影響

一九五七年に、アメリカの教育の歴史に大きな事件がありました。それはソヴィエトが人工衛星を打ち上げたことです。スプートニクですね。アメリカ人にとっては衝撃だったのです。それまでは、アメリカの科学は世界一だと信じていたのですが、初めてその自信が揺らいだのです。

翌一九五八年、アメリカではナショナル・ディフェンス・エデュケーション・アクト（National Defense Education Act）が始まりました。つまり、国防のために教育をするという考え方ですが、その是非はともかく、アメリカ人にとって珍しい言語の教育が始まったのです。珍しい言語というのは、まず珍しくない言語のほうから言いますと、それはフランス語とドイツ語だけです。だから、他の言語はすべて珍しい言語だということになります。当時はそうだったし、今でもそうだと思いますが、外交官の試験に外国語として認められているのはフランス語とドイツ語だけです。だから、仮に他の言語を知っていても、使い道もほとんどなかったのです。しかし、政策の転換で、ビルマ語でも、タイ語でも、アフリカの言語でも、勉強しようと思えば、奨学金がたくさん出るようになったわけです。日本語の場合も、毎年百二十人の学生に奨学金を出していました。それが約十年間続いたのですが、しかしアメリカの景気も次第に下火になって、現在はほとんど奨学金が出なくなってしまいました。大変残念なことです。

しかし、この時代を経たことで、別の事態が生まれました。それまで、日本のことを研究する人たちの専門は、ほぼ日本語、日本文学、日本史に限られていたのです。しかしその時から、人類学、社会学、経済学、政治学、全部が含まれるようになりました。本来人類学を勉強していた人がわざわざ日本語を勉強するようになりました。これは大きな発展だと思います。そして、現在はどちらかというと、そちらのほうが多くなっています。現在大学院で日本研究をしている人には、もちろん日本文学を研究している人もいるのですが、社会科学系の人たちが実に多いのです。

そうなりますと日本語も、読むことより会話が重要になってきました。つまり、社会学を研究している人は文語を知っている必要はない。日本に来て、日本人の社会学者と話をすることが必要なので、自然と会話に重点が置かれるようになります。われわれの常識としては、博士論文を書く前に最低一年、だいたい二年は日本にいて勉強しなくてはならないということになっています。

アメリカでは日本研究がたいへん盛んになりましたが、ヨーロッパでは必ずしもそうではなかったようです。イギリスでは、いくつかの大学のポストが一つ二つ増えたというくらいでした。フランスでは、どういうわけか日本研究者同士の対立があると聞いています。一九八四年の五月、私はパリに行って、その対立の原因について聞いたのですが、最後までいったいどういうことなのかわかりませんでした。しかし、原因はわからなくとも、対立があることは事実です。それは、日本研究のためにプラスに働くよりも、マイナスに働くと思います。ドイツでは、日本研究は徐々に発達しましたが、めざましいまでの発達ではありませんでした。ヨーロッパの中で一番日本研究の発達したのはソヴィエトです。ソヴィエトではレニングラードとモスクワの大学で教えていますし、他にウラジオストク大学でも——通訳の養成で、日本研究ではありませんが——日本語を教えています。

これからの日本研究

外国人の〝研究〟の評価について

最後に、今日お話しするべきことにやっとたどりつきました。海外での日本研究の実情について、そして今どのような困難があって、どのような局面で日本人と協力することができるか、そういったことについてお話ししたいと思います。

まず、海外でどのような活動が行われているかというと、一番わかりやすいのは翻訳だと思います。翻訳の数は確かに増えました。昔、アーサー・ウエーリ先生は『源氏物語《げんじものがたり》』『枕草子《まくらのそうし》』の翻訳をしました。しかし戦前にはそういった素晴らしい翻訳が他にあったわけではありません。戦後になって、近代、現代の文学の翻訳が数多く出てきましたし、また文学にとどまらず、人類学や政治学の部門での日本人の著作も翻訳されるようになりました。私の知っている限り、そういったものは戦前にはありませんでした。

次に外国人にできるのは比較研究です。つまり、イギリスの法律を知っている人が、日本の法律を調べて、どういうところが似ていて、どういうところが違うか、それを研究する。そういった研究はずっと以前からありましたが、これには欠点もありました。たとえば中国の研究をしていた多くの学者は、中国の中心よりも中国の周辺の研究に精力を注ぐ傾向がありました。たとえば戦前のハーヴァード大学で最も優秀であるといわれた中国史家のクリーヴス教授（Francis Cleaves）は、もっぱら中国と蒙古《もうこ》の関係を蒙古の資料を使ってやっていました。中国そのものをやっていなかった。もちろん中国の研究は難しかったと思います。たくさんの文献があり、どこから手を着けていいか本当にうんざりしてしまうと思うのです。しかし、比較研究は一つの逃げ道になることがあって、気を付けなくてはならないと思います。

もう一つ、日本研究のあり方として考えられるのは、〝紹介〟だということです。私の仕事を評価してもらう場合、いつも日本文学の海外への紹介者であるといわれます。それではまったく私の意見がないといわれている気がします。外国人でも創造的な研究ができると認めていなくては、日本人と外国人との協力などできないと思います。

外国人が書いた日本に関する本の日本語訳が出ています。それには二通りあります。一つは珍しさで興味を持たれているもの。明治維新に日本にやって来た女性が見聞きしたことを書いているようなものです。研究とはいえませんが、当時の日本人がどのようなものを食べていたか、アイヌはどんな生活をしていたか、そういったことを知ろうと思えば、当時の旅行者の本を読むといいわけです。ちゃんと翻訳も出ています。もう一つは、きちっとした価値のある研究、日本人研究者のものと肩を並べうるものだと認められた研究です。そういうものがあることは、私どもにとって大変に心強いことです。外国人が四十年間も日本のことを研究すれば、多少なりとも日本のことがわかるようになると認めていただければ、大変にありがたいと思います。

協力のかたち——低次元から高次元まで

どのような協力が考えられるか

日本人と外国人との協力については、もっとも低い次元から高い次元まで、いろいろに考えられます。

まず言葉を教えてもらうことです。外国人が一人で本を読んでいて、どうしてもわからないところがある、そんな時に意味を聞くことができます。単に誤植の場合もあります。外国人には誤植であることがわからなくても、日本人にはすぐわかることがあります。それに、低い次元のことですが、固有名詞の読み方も私たちには厄介です。日本人が本を書くときには漢字のままでいいのですが、私たちが書くときには、発音を決めなくてはなりません。

一つ恥をお話ししますと、私は芥川龍之介《あくたがわりゅうのすけ》について書いたことがあります。芥川は養子で、母親の家の姓を名乗っているのです。父は新原敏三《としぞう》といいました。この新原が〝しんばら〟か〝にいはら〟であるかとても困ったのです。どんな本を読んでも、それがわかりませんでした。西洋の本は普通索引がついていますが、日本のものは必ずしもそうではありません。索引があれば、サ行にあるかナ行にあるかでわかるはずです。そこで、私は東京の電話帳で調べてみました。〝しんばら〟と〝にいはら〟のどちらが多いか。どちらも同じぐらいでした。つぎに東京大学の図書館のカードはローマ字で整理されているので、それを見ましたが、〝にいはら〟が少し多い程度で、やはりわかりませんでした。困って神田を歩いていると、たまたま古本屋で『芥川龍之介の父親《ちちおや》』という本を見つけたので、欣喜雀躍して買って、家ですぐに全部読んだのです。しかし、新原の読みはどこにも出ていませんでした。すっかり困り果てていたのですが、偶然大岡昇平《おおおかしょうへい》さんの本を読んでいたら、ルビがついていて、〝しんばら〟とありました。それでようやく片が付いて、そのときの苦労を「言語生活」という雑誌に書いたのです。その雑誌が出た翌々日に芥川比呂《ひろ》志《し》さんから電話がかかってきました。「読み方は〝にいはら〟です」というわけです。

そういうことがいくらでもあって、私の学生が河東碧梧桐《かわひがし》を調べていたときのことですが、その読みが〝へきごとう〟なのか〝へきごどう〟なのか、大変苦労したようです。実在の人の場合、まだ調べようがあって、私の場合ももう少し頭を使って、芥川比呂志さんに電話することを思いついてもよかったのです。しかし、小説の登場人物の名前など調べようがありません。たとえば、これも私の体験ですが、有島武郎《ありしまたけお》の『カインの末裔《まつえい》』の主人公の名は広岡《ひろおか》仁右衛門です。私は〝じんえもん〟と読んでいましたが、しかし〝にえもん〟の可能性もあると思って調べてみたのです。初版本を買って読んでみましたが、ルビは振ってありません。そのことを話した日本の友人が掲載されていた雑誌を調べてくれました。すると読み方は〝にんえもん〟で、私が考えてもいなかったものでした。

固有名詞もそうですが、日常あまり気にしないことで、しかし読み方が難しいものがあります。私は習慣として、和歌や俳句などはローマ字表記をして本に載せます。ところが、〝主〟という字が出てきて、その読み方がわかりませんでした。〝あるじ〃〃ぬし〃〃しゅ〃の三つが考えられたのですが、五七五ということを考えて〃ぬし〃としたのですが、偉い先生に聞いたところ〃しゅ〃のほうがいいということでした。江戸時代の発音はしゅうで二音だったわけです。

もっと高い次元での協力としては、外国人に文献を推薦していただくと、大変ありがたい。例外もいるかも知れませんが、外国人の文献を読むスピードは当然日本人よりも遅いので、そうたくさんは読めません。そういう場合に、こういう文献が役に立つと教えていただければ、本当に役に立ちます。

さらに、特にアメリカ人の博士論文を書こうとしている研究者などには、その論文指導をしていただきたいと思うのです。アメリカ人が奨学金を申請する場合、普通は日本のどの大学の某先生のもとで研究をしたいとちゃんと書きます。しかし、その大学のその先生のところに行っても、その先生は忙しい。だから、先生とは最初に一度会っただけということにもなります。ですから、自分の大切な研究の時間を割いて外国人の手助けをするというのではなくて、外国人の手助けをするのが本職だという先生がいたら、どんなにいいかと思います。今のところは、アメリカの学生は、日本に来て日本の美徳である遠慮を覚えて帰るだけということになってしまいます。もちろん、外国人の弟子を持つのは相当の負担になると思います。それに、人によりますけれども、日本人の弟子であれば、自分のものを受け継いでくれるという気がするでしょうが、どうせそれがアメリカに帰ってしまうのなら、伝統が断たれてしまうという気持ちを抱くかもしれません。私にもその気持ちはわからないわけではありません。

さらに、もっと難しい注文ですが、日本人の学者に外国人の博士論文を読んで、批評していただきたい。しかし、これは二つの理由から確かに難しい。つまり、先にいったように、日本の大学の先生は忙しいし、またそういう論文は外国語で書かれています。日本の国文学者で、外国語の論文を読みたがる人はまずいないと思います。

また、私自身の話になりますが、日本文学史を書いたときのことです。その近世篇は「海」という雑誌にずっと掲載されていました。「海」に連載することを望んだのは、一つにはお金が欲しかったし、もう一つには読者が多く、もし間違っているところがあれば指摘してもらえるだろうと考えたからです。しかし、連載していた四年間、一度も手紙はもらいませんでした。原稿が完璧なものであったかというと、そうではありませんでした。誤りはたくさんありました。しかし、誤りに気付いた人でも、なかなか教えてくれないのです。後にある人と対談することがあって、その時初めて誤りを一つ一つ指摘された経験があります。しかし、その時にはもう本になっていました。その人は毎月毎月「海」は読んでいたので、もっと早く教えてくだされればありがたかったと思います。また、私は森鷗外《もりおうがい》について書いたことがあって、それを専門の方に送ったことがあります。一年経っても彼にそれを読んでもらえませんでした。もちろん、彼を責める気はありません。彼は実に忙しい人でした。しかし、外国人の論文を読むことが自分の仕事であるという人がいたら、大変助かります。

もう少し高い次元での協力もあります。それはほんとうの共同執筆です。それは今までもあったのですが、とても望ましい協力の形だと思います。それは、日本人が日本のことを知っていて、外国人が外国のことを知っているということだけではなく、違う人間で、違う文化を持ち、違う常識もあるのだということを知って、それを活用して、より面白くより深みのある本を作るということです。そういう例は少ないのですが、たとえば一例は、スタンフォード大学にいたブラワー(Robert Brower)とカリフォルニア大学ロサンジェルス分校のマイナー(Earl Miner)とが書いた*"Japanese Court Poetry"*という本です。これは日本の詩歌について書かれた書物の最もよいものだと思いますが、この本は、当時筑波大学におられた小西甚一《こにしじんいち》氏との密接な協力があって出来たものです。かりに小西先生に一度も会ったことがなくても、彼らは本が書けたかもしれません。しかし、小西先生の協力があったから、実に素晴らしいものが出来ました。

そういった例がもっとあるかと思いますが、さらに若い世代の研究者たちが協力すると面白いだろうと思います。私の学生たちには、新しい文学理論に興味を持っているものがいて、日本の若い人もまたそうであろうと思います。たとえば、そういう若い人同士が協力して仕事をするといいと思います。

それから、もう一つ、日本人と外国人が研究する場合、一つの分野に限ることなく、総合的な研究を多くの専門の人たちが集まって行うこともできると思います。数年前のことですが、奈良絵本の研究の国際会議がありました。その会議の中心人物はアメリカのルーシュ教授（Barbara Ruch）でした。奈良絵本というのは、絵ですから美術史の研究の対象になります。そして挿絵ですから、文学と密接な関わりを持っています。文学を知らずに奈良絵本の研究はできません。さらに、宗教とも関係があります。奈良絵本のテキストになっている物語の大部分は当時の宗教と関係があります。ともかく、様々な分野の人が協力して、やっと奈良絵本は明らかになるのだと思いますが、その国際会議までは、日本の中でも学者たちの協力は行われていなかったのです。しかし、その時、初めて総合的に見られることになるとともに、アメリカ人、フランス人、ドイツ人といった外国人も仲間に入ったことになります。これから、そういう研究がもっと出てきていいと思いますし、さらに新しい近代、現代のことになると、視野は広くならざるをえません。政治学、経済学、社会学、そういった分野の人たちが協力しなくては、どうしようもないと思います。私自身の仕事は、狭い意味での文学ですが、そういった広い視野を持った共同研究があってもいいと思います。

今までも、日本人研究者と外国人研究者との間に協力関係がありました。しかし、それはもっぱら日本人研究者の親切に寄りかかっていました。つまり、日本人研究者は外国人に何かを教えたことでお金をもらったこともないし、また彼の学者としての名声があがることもありませんでした。それは純粋な親切によるもので、おおいに結構なことだとは思いますが、負担が重過ぎます。やはり労力に対しては、それなりの報酬が必要だと思うのです。

また、国際交流基金から奨学金が外国の研究者に出ます。大変ありがたいのですが、もらえる人は少ないし、そこにはやはり政治的な配慮が働いているふしがないでもありません。アメリカ人やヨーロッパ人に奨学金を出すよりも、インド人、インドネシア人に出したほうがいいという考え方が今あります。あるいは、それは正しい考え方なのかもしれません。しかし、そういう選択の必要があることを残念に思います。資格のある人であれば、全員に奨学金を出せばいいと思います。それは絶対に日本のためになるはずなのです。

組織としての協力

江戸時代、外国人に日本語を教えることは禁じられていました。アイヌに対してもそうでした。長崎の出島にいた外国人は多少日本語を覚えたし、ロシアの日本語学校の学生も日本語を覚えたわけです。しかし、それは江戸幕府にとって不愉快なことでした。日本政府の考え方はそこから少しも変わってはいません。日本語を教えることを禁止こそしていませんが、まったく熱心ではありません。このことは根本的に変えていただきたいと思います。

そのための一つのしっかりした組織が存在していないことが、切実に問題であると思います。組織がなければ、それは個人の問題になります。日本人は個人的に外国人を助けることはよくあって、そうした場合は、おおむね他の国の人より親切すぎるほどに親切です。しかし、個人の力には限界があって、やはり組織が必要です。

それが全然整っていないのが日本なのです。誰かが日本に留学して、どこかの大学に行こうと思っても、彼がどの大学に行くといいかアドヴァイスをしてくれる組織はありません。外国人留学生はみな、東京大学に行きたがります。それは有名だからで、他に理由はありません。もっと組織立って、アドヴァイスをしてくれる、基本的な指導をしてくれるところが必要だと思います。

II

年の始め

［一九八六・一］

かつて私にとって、日本で正月を迎えることは少々つらい体験だった。友人のなかには、故郷へ帰ってしまう人もいれば、会社の同僚たちと一緒に元旦を楽しく過ごす人たちもいた。また、正月の煩わしさを避けるためにホテルにこもってしまう人もいた。私にも正月を共に過ごす人々がいるものと、だれもが思っているらしかった。しかし、家族がいるわけでもなく、いかなる団体に所属しているわけでもないので、私には行くべきところがなかったのだ。さながらアメリカかイギリスで人々が家族や友人と楽しく過ごすクリスマスを、たった一人で迎えているかのような気分になったものだ。幸いなことに、その後、東京で何人もの友人を得ることができ、今ではその人たちが、正月に私を一人きりにさせないようにいろいろと気を遣ってくれる。

日本では新年を祝うことは非常に大切な行事となっているので、よく私に、正月にも日本にいるのかどうかと尋ねる。まるで、正月を日本で過ごすかどうかが一大事ででもあるかのように。私は子供のころニューヨークで育ったのだが、正月というものがたまらなく嫌いだった。というのも、大晦日《おおみそか》になると両親が人を招いてパーティーをするので騒がしいことこの上なく、翌朝は家じゅうに飲み残しの酒やたばこの吸い殻のにおいが充満していたからである。後に自分でもそのパーティーに加わるようになったとき、午前三時ごろになると人々が疲れてとても醜くなることを知ってショックを受けたものだ。

新しい年を祝うことは、ほとんどどこの国でも大切な年中行事となっている。しかし、一年の始まりは、使用する暦によって異なる。日本でも、地方によっては、今でも陰暦で正月を祝っているところがあるはずである。確かに陰暦のほうが、日本の詩歌にうたわれてきた季節にぴったり合っている。年賀状には賀春という文字が書かれることが多いが、冬の一番寒い時季がこれからやってくることはだれでも知っているわけだ。和歌では、その年最初の霞《かすみ》は春の訪れの徴《しるし》とされてきたが、太陽暦の元旦に春霞を期待しても無理というものである。

明治五年（一八七二）に太陽暦が採用されたことは、俳人たちにとっては一大事だった。いろいろな形態の詩歌のなかでも、俳句は季節とのつながりが最も密接なものであり、季語が使われていない俳句は雑俳として軽く扱われてきたのだ。しかし、太陽暦が採用されてからというもの、昔ながらの季語をそのまま使うことはきわめてむずかしくなった。元旦も新しい春の最初の日と考えることはできなくなってしまった。七夕《たなばた》も空が美しく澄む初秋ではなく、梅雨のころになってしまった。雨が降りしきっていたのでは、牽牛星《けんぎゅうせい》と織女星《しょくじょせい》は会うこともできないわけだ。そこで俳人たちは、従来使われてきた季語よりも季節の実体に即した、新しい季語を考えなければならなかったのである。

昔はちょうど新しい年がめぐってくるころに、春の訪れを告げるかのように梅が花を咲かせたわけで、その花を目にした人々の喜びもひとしおだったことだろう。今日の日本の春は、積極的な意味でも消極的な意味でも、きわめて〝人為的〟なものとなっている。消極的な意味でとは、こういうことだ。正月休みの間はほとんどの工場が操業を停止するので、スモッグがほとんど（あるいはまったく）なくなる。正月休みを別にすれば、東京にある私のマンションから富士山が見えるのは年にほんの数日にすぎないのだが、正月の休みの間は必ずと言っていいほどよく見え、私は地平線に富士山が描かれている江戸時代の浮世絵を思い出す。工業化が多くの面で日本人を潤してきたことは事実だが、工業化によって日本の風景が損なわれたこともまた確かである。

もっと積極的な意味でも、今日の〝新春〟は実際の春の到来によってではなく、人為的なものによって喚起されるのである。たとえば、歌舞伎のポスターは〝新春興行〟をうたう。能《のう》の世界でも、早春に材を採った演《だ》し物が演じられる。そして、商店などでも春向きの商品を広告する。ニューヨークではかつて、人々はタイムズスクエアに集まって、電飾を施されたボールがニューヨーク・タイムズの建物の屋上から降ろされるのを見守ったものだ。それは一年の終わりの象徴ということになっていて、人々は歓声をあげたものである（私はもう随分長いことニューヨークで正月を過ごしていないので、今でも同じことが行われているのかどうかは知らない）。

大晦日の夜は楽しいとしても、元旦は二日酔いに苦しめられるのが普通だったようだ。その辺の事情は日本でも同じだったらしく、松尾《まつお》芭蕉《ばしよう》も紀行文『笈《おい》の小文《こぶみ》』に次のように認《したた》めている。

　宵のとし、空の名残おしまむと、酒のみ夜ふかして、元日寝わすれたれば、
　　二日にもぬかりはせじな花の春

大晦日を飲み明かしてしまった芭蕉は、元日は一日じゅう寝ていたのだ。しかし、

新年の二日目は、うかうかとそんなことはするまい、というわけである。

私は大晦日の夜に、深川《ふかがわ》の八幡宮《はちまんぐう》とか浅草《あさくさ》の浅草寺《せんそうじ》へ行くのが好きだ。お祭り気分があふれているが、ニューヨークの大晦日のように不快な気持ちにさせられることはない。私は若い女性たちが正月の晴れ着に着飾っているのを眺めるのが何よりも好きだ。今日では若い女性の着物姿が見られるのはほとんど正月だけであり、それが私が正月を心待ちにする理由の一つでもある（私は新年になって初めて営業を開始する日にデパートへ出かけていき、女性従業員たちの着物姿を眺めて楽しんだりもする）。正月になると人々が寺や神社に参詣《さんけい》するということは、日本では元旦が宗教的意味合いを帯びていることの証拠だろう。世界のほとんどの国々では、元旦には宗教的意味はまったくないのだが。

友人たちを訪れお節《せち》料理をご馳走《ちそう》になるのも、正月の楽しみの一つである。日本人ならだれでも、子供のころに食べたお節料理の思い出というものがあるだろうが、私にその種の思い出がないことは言うまでもない。しかし、こうして食卓を囲んで集まることによって、人と人とのつながりを毎年確認しあうのはとてもよい習慣のように思われる。

理屈を言えば、新しい年がめぐってきたからといってお祝いをしなければならない理由は何もないわけだ。だれにしたところで、その年が前の年よりも良い年になるなどと確信しているわけではない。実際のところ、(激しい戦争の最中などだったら) 様々の災厄が予想される年だってあるわけだが、しかし未来は過去よりもよくなるだろうという希望を抱きたいのが人情というものらしい。イギリスのある詩人も言うように、「人の胸の中には常に希望がわき出す」のである。

世界には、新しい年を祝うそれぞれに独特の方法があるが、私が知る限りでは、日本の祝い方ほど心温まるものは他の国には見られないようだ。空気は清浄だし、人々の着ているものもとても美しい。大きな神社や寺には善男善女たちがたくさん集まってくる。日本で正月を迎えると、その年が本当に良い年になりそうな気になるから不思議である。

暦の上の特定の日付のために人の世が急激に変わることはありえないなどと考えるシニカルな人がいるとしたら、そんな考えは自分一人の胸の中にしまっておいてほしいと思う。私は日本の正月を心ゆくまで楽しもうと考えているのだから。

私の日本住居論

［一九八三・六］

日本文学の英訳をする場合、小説の登場人物の心境や戯曲の人物のセリフはそれほど訳しにくいものではない。というのは、普遍性のある感情や発言でなかったら、訳す意義が何もないのである。人間の感情の表現は国によって確かに違っているが、その内容は大同小異の場合が圧倒的に多い。ところが、生活様式という次元となると訳者の苦労は相当難しい傾向がある。この点における翻訳の困難さは、日本人の暮らしの特殊性を反映していると同時に、欧米諸国の生活様式が日本でよく知られているのに対し、外国では日本の暮らし方がほとんど知られていないことを物語っている。

たとえば、日本の小説に四畳半の部屋が描写されている場合、良心的な訳者は大いに困る。日本の読者なら――かりに東京のマンションの生活しか知らない読者でも――頭の中で四畳半の部屋の大きさだけでなく、その雰囲気が何となくわかるであろう。また、さまざまな連想もあるに違いない。茶室の四畳半でも、永井荷風の小説に出るような四畳半でも想像ができる。訳者が澄ました顔をして four and one-half mat room と訳した場合、よっぽど日本のことに詳しい読者でなければ連想は何一つもなく、意味さえなかなか捕えられないと思う。欧米では一部屋何畳と表現せず、また、それらしい考え方もない。海外の日本料理屋の和室の畳の上で食事をとったことのある欧米人さえ、自分が食事した部屋の畳の数に気がつかないであろう。そのような体験のない読者は無論全くわからないだろう。

また、良心的な訳者が四畳半は何平方メートルというふうに訳したら、欧米の読者は別のことで当惑する。つまり、「そのような小さい部屋は何の役に立つだろう。ベッドもらくに入らないし、窮屈で堪《たま》らない」と言うのではないかと思う。日本の家を兎《うさぎ》小屋になぞらえた英国人は四畳半の小ぢんまりした雰囲気を明らかに感心しなかったようである。日本では裕福な人でも小さい部屋を喜ぶが、広々とした部屋に馴れている欧米人には納得できない。その代わり、日本人はだだっ広い部屋に落ち着かないようである。ある年の夏、日本人夫婦がニューヨークの私の住居を借りたことがあるが、後で聞いたところによると、広いアパートの一番小さい部屋――大体四畳半の大きさ――で会話することが多く、河に面した眺めのよい応接間はあまり利用しなかったそうである。海外で暮らしている日本人でも四畳半の温かい雰囲気を求める。ニューヨークの暑い夏の間でもそうである。

日本人がどうして小さい部屋になじむか、いろいろ説明ができるが、荷風の『妾宅《しょうたく》』という小説を読むと私に頷《うなず》ける一種の解釈が載っている。小説の主人公は荷風によく似ており、暗く湿った小宅に住みながら、昔の日本人もこのような家に住んでいたのだと満足している。彼が一番好きなのは冬、とりわけ冬の夕暮れで、猫をひざに抱いて炬燵《こたつ》に入り、これが先祖代々の過ごしてきた冬なのだと一人で合点している。「日本文化の過去の誇りを残した人々は、皆おのれと同じやうな此の日本の家の寒さを知つてゐたのだ」と荷風が語る。

現代の日本人は荷風ほど冬の寒さを楽しまないだろうが、炬燵に入ることを懐かしがるようである。炬燵といえば、翻訳できないもう一つの日本の家庭器具にぶっつかる。確かにスペインの南部で炬燵のような設備を見たことがあるが、スペイン語の名前を覚えていないし、覚えていたとしても英米の読者にわからないだろう。冬が短いためか、スペインの南部の家には暖房らしい暖房がなく、夜になると、家族の人達が床まで垂れ下がる毛糸のテーブルクロスを掛けた食卓の周囲に腰をかけ、足をテーブルクロスの中につっこみ、電気ストーヴで足先を温める。これは一家の団欒《だんらん》を促進するし、また、荷風のように昔のスペイン人の思い出にふける人もいると思うが、いくら足が温かくなったとしても、背中が冷える。その点では炬燵と共通している。

暖房といえば、最も美しく、しかも最も非能率的な暖房は英国のマントルピースであろう。私は英国で五回も冬を過ごしたことがあるが、暖炉の思い出はいろいろある。まず、火を熾《おこ》すことが大変である。冬の朝、指が凍って自由に動かせない状態で、古新聞と薪《まき》と石炭を準備して火を付けるが、火が石炭まで移るかどうかいつも心配の種であった。火がうまく移っていく場合、何とも言えない美しい光景だと感じるが、部屋全体は相変わらず冷たく感じられ、火の中に飛び込まなければ身体が温かくならない（私の上着の袖はみな、火に焦げてしまった）。ということで、英国を離れて京都で冬を過ごすようになった時、私は京都の名物である底冷えを何とも思わず、火鉢という最新式の暖房を大いに喜んだことがある。

火鉢といえば、同じように翻訳できない言葉だと思う。確かに現在の英語辞典にはhibachiが見られるようになったが、バーベキューの炉という意味しかなく、家の中でhibachiの火にあたると訳したら、不思議がる読者が多いのではないかと思う。火鉢を囲んで京都の冬を数回過ごしたことがある私には、炭の匂いがなつかしく、陶器の色や手触りもよく覚えている。ガスストーヴには何も愛情を感じないが、現在使っている。

三十年前の京都ではまだ占領時代のことが時々話題になり、アメリカ人がガスストーヴを長時間使って、暑い部屋の中でアイスクリームを食べたという話を聞いて、皆がびっくりしたことがあるが、正直に言って私はあまりびっくりしなかった。ニューヨークの私の家でも真冬にアイスクリームを楽しむことが時々あった。が、私はいつの間にか日本人――当時の日本人――の驚きを理解できるようになり、冬は冬の楽しみがあるから夏の楽しみと混同しないほうがよいことを悟った。

昔の風流な日本人は、「造化にしたがひて四時《しじ》を友とす」という芭蕉の名言が指摘している通り、天地自然にのっとり、四季の移り変わりを友としていたが、現在でも日本人の多くは欧米人よりも四季の移り変わりばかりでなく、その日その日の気候に深い関心を示す。「お暑うございます」という挨拶を初めて聞いた時、私はかなり驚いたことがある。暑い時、暑さにふれないほうが親切ではないかと考えたり、うだっている相手を慰めるために、何か涼しくなるような話題を提供したほうがよいと思ったりしたことがあるが、私のような考えは明らかに天地自然にのっとらないものであった。私は日本人の四季に対する敏感さにまだ十分馴染《なじ》んでいないようである。たとえば、手紙の冒頭に出る季節の挨拶に全然興味がない。天候の異変の場合はまだよいが、便箋に印刷されているような模範的な挨拶を書く必要があるだろうかと思いながら、「さて」で始まる節へ飛ぶことが多い（因《ちなみ》に言うと、私と何も関係のない会社が私の益々の健勝について慶《よろこ》びの挨拶を述べてくれても、特にありがたく思わないことを白状したい）。このような挨拶は日本人の四季感よりも礼儀作法を反映していると思うが、こういう挨拶が大企業の商業通信に残っているのは日本だけの現象であろう。

冷房も暖房もあまり発達していなかった時代の日本人は、仕方なく四季を友とする他はなかったが、夏でも十二単衣《ひとえ》を着る官女や冬でも火の気のない部屋で暮らしていた貧乏な庶民は気の毒であった。どちらかというと、昔の日本人は冬に強く、夏に弱かったようである。『徒然草《つれづれぐさ》』の第五十五段に兼好法師《けんこうほうし》は次のような見解を述べている。「家の作りやうは、夏をむねとすべし。冬は、いかなる所にも住まる。暑き頃わろき住居は、堪へ難き事なり」。確かに、京都という暑いところで夏を過ごすことはつらい。京都の暑さをよく知っていた兼好法師が夏向きの家を勧めているのはこういう理由だったかも知れない。現に、日本の伝統的な建築は東南アジアの家を思わせるような涼しさを取り入れたものになっている。

京都の寒い冬もよく知っている兼好だが、「冬はいかなる所にも住まる」とあっさり判断した。日本の住居は中国や朝鮮にあるような床の暖炉を採用しなかった（北海道を開拓し始めるようになった頃、初めのうちは極寒に挑んで純和風建築の家で過ごそうとした人が多かった）。が、現在の日本人はむしろ夏に強くなって冬に弱いという印象を受ける。冷房の普及のせいか、西日を嫌わず陽当たりのよいマンションを求めるようである。

このような趣味または生活ぶりの変化は案外早いものである。十年ほど日本を離れ、外国から帰ってくる日本人が皆、「浦島太郎になったような気がする」と言うのは、日常生活が早いテンポで変化していることを教える。私の東京の住居は大変綺麗な庭園に面している。大部分の男と違い、一日中自分の家の中で勉強しているので、庭園の緑は私にとって極めて大切である。ところが、私が住むマンションが建つ二年ほど前に庭園の反対側にもう一棟のもっと大きいマンションが出来た。そのマンションは当時の日本人の常識によって南向きに建っているので、マンションの多くの部屋から西側にある庭園が全然見えない。幸い、私のマンションが建った時点では東西南北についての伝統よりも景色を重んじていた。

外国の雑誌に日本のことを紹介する場合、家具が全然置かれていない和室のカラー写真を載せる。床の間にかかっている軸、古い花瓶にさしてある一輪の花、青い畳に落ち着いた色の座蒲団などは決して嘘ではないが、現在の日本人の多くはこのような部屋に暮らしていない。六畳の部屋にピアノまたはダブルベッドが置いてある部屋はもっとも典型的かも知れないが、カラー写真には向かない。日本人の日常生活は日毎に欧米人の生活様式に近づいてきているが、日本人の意識の何処か深い処に、荷風が表現した「先祖代々」の暮らしの夢が残っており、四畳半、炬燵、火鉢など、昔の生活を味わいたいと感じていると信じたい。そうでなかったら日本の伝統的な暮らし方は長く続かないだろう。

桜

［一九八五・一一］

日本でも海外でも桜は日本を象徴する花として知られている。しかし、冷静に考えてみると、一国を象徴するにはあまりふさわしい花とは言えないことは明白である。桜木はそれほど立派な樹に見えないし、腐りやすい。桃、梅、梨などの果樹と違い、食べられるような実がならない。花は確かに美しいが、咲く期間は短く、咲いた後は毛虫が繁殖することが多い。例外はあるが、桜木はだいたい寿命は永くない。よっぽど美しい花でなければ桜木は伐採されるだろう。

しかし、三、四日しか咲かない花のために、日本人はあまり役に立たない桜木を大目に見るばかりでなく心から愛してもいる。年中行事を非常に重んじる日本人は、毎年毎年、息を殺して桜の前線が近づくのを待つ。テレビやラジオから情報が絶えず流れてきて、何処の桜は八分咲きだが、別のお寺の桜はもう満開だと教えてくれる。花と全く関係のないような職業の人も、花見の頃となると自分は日本人であることを思い出す。

外国でも桜花が無視されているわけではない。たとえば、A・E・ハウスマンという英国詩人に、

Loveliest of trees, the cherry now　　樹々の中でも最も美しい桜は、
Is hung with bloom along the bough　　今、枝ごとに花がたれている

と始まる詩がある。ところが、英語の cherry は桜んぼを指し、〝桜木〟という意味もあるが、〝桜花〟という意味はない。桜の花を表現しようと思えば、〝花〟bloom という名詞を桜に付け加えなければならない。日本語の場合、〝桜〟も〝花〟も同意義である。

日本人は昔から桜を愛したばかりでなく、花全体を代表するものとして考えていた。『万葉集《まんようしゅう》』には桜よりも梅の花が頻繁に歌の中に出るが、これは中国の影響が非常に強かったためであろう。中国では梅は学者が最も喜ぶ花であり、日本人も松竹梅または四君子《しくんし》（蘭・竹・梅・菊）という文人の理想を取り入れたが、桜の美を忘れることがなかった。桜と梅は同じく果樹の花であるが、全然違うような印象を与える。数年前に大阪城の下の梅林を見学したが、華やかさが全くなく、むしろ淋しいように見えた。歌人は「梅の香」をよく歌ったし、手許にある辞書によると梅

は香気強く匂う花となっているが、私の嗅覚が鈍いせいか、相当集中しなければ強い香気を嗅《か》ぐことができない。

「梅の香」がしばしば歌われたのは、桜に匂いがないためだろう。確かに「桜の匂い」という表現があるが、この場合の〝匂い〟は色が美しく照りはえることであり、嗅げるものではない。外国人は、日本の花には匂いがないとよく言い、薔薇、カーネーション、ジャスミンのような強い香気がないことを日本の自然の物足りなさの証拠として上げる。言うまでもなく、日本には百合、山梔子《くちなし》のような強い香気のある花があるが、百合や山梔子よりも匂いのない桜または匂いがよくない女郎花《おみなえし》のような花が喜ばれ、歌に詠まれている。日本人にとっては花は見るものであって、嗅ぐものではなかったが、例外として「梅の香」は認めたようである。

日本人は他の花を無視しなかったが、「花は桜木、人は武士」という古い文句が示すように、桜は花の王者と思われてきた。梅は桜より早く咲くので春の先触れとしての役目を果たす筈だが、桜が咲くまで春らしい季節がまだ来ていないと思われていたらしい。そして桜が散ってから咲く花は問題にされない。私はいつか弘前《ひろさき》へ行ったことがあるが、日本一の林檎園を誇る都市であるので、林檎の花が咲く頃はみごとだろうと思った。弘前の絵葉書に林檎の花の写真もいろいろあるだろうと楽しみにしていたが、いくら探しても一枚もなかった。その代わり、日本の何処にもあるような桜の写真は何種類もあった。自分の町の桜を誇りに思わない町があるだろうか。

日本人は桜の何処をそれほど喜ぶのかと聞くと、返事はまちまちである。桜の美しさについて疑問の余地はなかろうが、桜だけが美しいとは言えない。しかも一重桜を最高に愛《め》でる人が八重桜を嫌うこともあり得るので、〝サクラ〟には限定された意味がない。〝桜色〟でない桜が多い。

桜に対する日本人の傾倒は、普通の花の鑑賞の基準になっている形、色彩、匂いなどを超越しており、ある絶対的な美意識に基づいたものではないかと思う。この美意識を最も敏感に呼び起こすものは、兼好法師の『徒然草』にある次の一節であろう。

あだし野の露消ゆる時なく、鳥部山の煙立ち去らでのみ住み果つる習ひならば、いかにもののあはれもなからん。世は定めなきこそいみじけれ。

桜は〝定めなき〟性質のお蔭で貴ばれている。咲いたと思っても同日中につれない風に襲われて、散ることもあるので、咲いているうちに、貴重な短い時間に桜の美しさを満喫しなければ同じ機会はまたと来ない。梅も美しいが、なかなか散ってくれないので、だんだん汚くなり、いよいよ散ってしまっても惜しむ人もいない。ギリシャの昔から西洋では「ものの定めなき」ことは人生における一番の悲しみの原因のように思われ、「いみじき」（すばらしい）と思った人は、まず一人もいなかっただろう。西洋の芸術家が不滅性を狙って大理石で宮殿や立像を建てたが、日本人は不滅の美を断念し、消えゆくものの美を求めた。

桜の花の美しさには何の神秘性もなく、誰でも鑑賞できる筈である。が、ある年の四月にニューヨークで花見に行った時、満開だったのに見物していたのは私だけであった。場所はセントラルパークの貯水池の傍で、古い桜の並木はみごとだったが、貯水池の周囲を走っているジョガーたちはペースを弛めず無関心に走り去って行った。日曜日でさえ花見に行く人は少ない。ニューヨーカーたちが美に鈍感であると思いたくないが、私はジョガーが眼を桜のほうへ向けず、無表情でジョギングを続けているのを、唖然として眺めていた。

日本で初めて春を迎えた三十数年前に、吉野の千本桜を見に行った。酔っぱらいが多くて、弁当箱は足首まで積んであった。桜の大木の幹に拡声器が付けてあって下らない音楽を流していた。私は大いに幻滅を感じ、人がいなかったらどんなによいだろうと思った。しかし、二年前に、日本で何年ぶりかで春を過ごしていた時、上野公園の花見に行ったが、そこに人がいるからこそ花見は楽しいと思い直した。花の下で飲んだり、食べたり、踊ったりしていた人たちは桜の哲学などに何の興味もなかっただろうが、大昔からの日本の伝統をちゃんと守っていた。兼好法師は上野公園の桜の下でござを敷いて仲間と楽しんでいるような人が嫌いだっただろう。片田舎の人こそ……花の本には、ねぢより、立ち寄り、あからめもせずまもりて、酒飲み、連歌して、果は、大きなる枝、心なく折り取りぬ。

しかし、〝片田舎〟の人でも桜の美を自分なりに理解しているし、花を無視したニューヨークの人よりましだと思う。

日本人と桜との関係は切り離せないものがある。教養や性格によって桜に対する反応は違うが、無関心の日本人はいないだろう。

訳し難いもの

［一九八五・一二］

私は中学校で生物学、高校で物理学、大学で天文学を勉強したことがあるが、との昔に忘れてしまったので、自然科学となると門外漢であると言う他ない。しかし、正直に言って、生物学、物理学、天文学を完全に忘れ、それによって不便を感じたことは一度もない。確かに、星がまたたいている夜、大空を眺めて、傍に立っている人たちに数々の星座を指差して一つ一つ名称を言うことができたら楽しいだろうと思うが、もともと私が天文学を勉強していた頃、星座の名称を一つも教えて貰わず、数学と化学を合わせたような、少しも楽しくない授業であった。

私の職業からいえば、現在の私に一番欠けている自然科学の知識は鳥学と植物学であろう。つまり、日本文学には鳥や植物が度々登場するが、動物や星等はそれほど出ていないし、出たとしても外国のものと変わらないので、翻訳するのに別に困難な問題はない。これに反して鳥や植物の場合、日本と外国との間に共通したものはほとんどない。

和歌文学を読むと、鶯《うぐいす》と時鳥《ほととぎす》（杜鵑、子規、不如帰）が実によく歌われている。昔の日本にも他の鳥がいた筈だが、歌人に無視されがちであった。鶯の場合 bush warbler とか song thrush のような英訳にすることが多いが、鳥学的に正しいかどうかよくわからない。時鳥となると、もっと複雑である。和英辞書を引くと cuckoo となっているが、これは明らかに誤りであろう。cuckoo は郭公《かっこう》のことで、鳴き声は時鳥と全然違う。三十年ほど前に私は京都に住んでいたが、近くに時鳥が多かったので、鳴き声をよく覚えた。「ゲンコウデキタカ」という催促を思わせるような声であり、郭公のようには聞こえなかった。時鳥を nightingale と訳すこともあるが、nightingale は夜しか鳴かないと聞いているのに、時鳥は結構昼間でも鳴く。

そうすると、日本で最も愛されている鳥の名称をどう訳したらいいか、ということになるが、残念ながら私には名案がない。鳥学者に助け船を出して下さる方がいないだろうか。

しかし、鳥の名称の翻訳はまだ簡単である。鶯と時鳥の他に歌われた鳥はまずないから目白《めじろ》などの翻訳語を心配しなくてもいい。が、植物となると種類が無数にあるし、よく文学にも登場する。秋の七草の名を訳そうとすると、汚らしいラテン語かそれとも誰も聞いたことのない英語になる。藤袴《ふじばかま》という美しい日本語は、Eupatorium《エウパトーリウム》という学名になるか、それともagueweed《エイギユーウイード》（瘧《おこり》雑草）になるが、どちらでも困る。女郎花《おみなえし》はもっと運が悪く、Patrinia scabiosaefolia《パトリニア スカビオーセフオリア》という親しみにくいラテン語の学名しかない。萩《はぎ》――雨にぬれてやさしくうなずく萩――は、Lespedeza《レスペデーザ》 bicolor《ビコロル》という悪女のような存在に変貌する。日本文学の英訳は何という非人情な過程であろう。

私は日本の植物の英訳で頭を痛めたことは何回もあるが、中でも三島由紀夫《みしまゆきお》の小説『宴《うたげ》のあと』の体験が一番忘れがたい。この小説は古典文学と違い、外国とあまり変わらない現代の日本の生活を描いているので、訳しにくくないと思ったが、案外むずかしかった。一流の料亭の献立が三回も出てくるが、三回とも苦労した。たとえば、前菜として「土筆胡麻《つくしごま》あへ、小川燻製《くんせい》、吹木《ふき》東寺巻、穴子《あなご》白煮《しらに》、小鯛笹巻《こだいささまき》壽《ず》し」となっているが、内容が不明である。続く吸物は「梅仕立、大星、浅月、木ノ目」となっているが、星や月を食べたことのない私は味を知らないので、閉口した。あの頃、三島さんは生きていたので直接本人に説明して頂いたが、三島さんは笑って、「自分にもわからない。料亭に最高級の献立を教えてくれるように頼み、その通りに書いただけです」と教えてくれた。着物の柄の描写にも私にはわからないところがあったが、三島さんに聞いたら、また大笑いをして「全部母から教えて貰った」と白状した。

しかし、食べ物や着物の柄の翻訳の場合ごまかすことができる。外国人の読者で日本料理に詳しくて着物の柄に通暁する人は至って少ない。が、植物となると、かなりの知識を持っている読者がいるに違いない。『宴のあと』の最後に、荒れ果てた庭のすばらしい描写がある。その中に「枝を思ふさま伸ばした車輪梅《しやりんばい》は、紫の實をつけてゐた」と書いてある。車輪梅を辞書で引いたらRhaphiolepis umbellata《ラフィオレピスウンベラータ》としか出ていなかった。三島さんの美しい文章の英訳にこのような堅苦しい専門語はどうしても使えないと思い、いろいろ考えたあげくの果て、ニューヨーク植物園に電話をかけ、ラフィオレピス・ウンベラータの他の名前がないかと聞いてみた。二十分ほど待たされてから電話の人が「ためになるかどうかわかりませんが、エドラフィオレピス・ウンベラータとも言います」と教えてくれた。そこで紫の実をつけるさまざまの木を調べて独断的に英訳の名前をつけた。が、次の行に「生垣の満天星《どうだん》の紅葉はさかりであつた」となっている。もう植物名と戦うような勇気がなくなってしまったので、満天星の正確な英訳を考えもしなかった。誰か親切な植物学者が指導してくれたらどんなに助かっただろう（車輪梅については、のちにYeddo《エド》-

hawthorn《ホーソーン》〔江戸山査子《さんざし》か〕という名前があることがわかった）。

翻訳にもう一つ、もっと厄介な面がある。鳥、植物にさまざまの連想があるが、国によって違っている。たとえば、梟《ふくろう》は古代ギリシャでは知恵の象徴であったが、インドでは「梟のように馬鹿だ」という表現がある。西洋では蛾《が》はいつも光にひかれるので詩人の象徴のように思われ喜ばれているが、日本では大の男でも蛾を見ると怖くなって逃げる。逆に、日本の子供は蜻蛉《とんぼ》と遊ぶことを楽しむが、西洋の子供は蜻蛉を見ると怖がって逃げてしまう。

植物の場合でも、日本には昔から茨《いばら》があったが、棘が多いから嫌われ、文学にまず出てこない。しかし、蓬《よもぎ》のような目ぼしくない植物が度々出てくる。西洋ではまさに逆である。「蓼《たで》食う虫も好き好き」ということになるが、一体、蓼をどう訳したらいいか植物学にうとい私にはわからない。

和食についての迷信

［一九八五・五］

日本人が初めてヨーロッパ人と文化的な接触を持つようになったのは桃山時代のことだが、その当時、日本料理の評判は極めて悪かった。そのころ日本を訪れたあるスペイン人はこう書いている――「日本料理は見た目は美しいが、決しておいしいとは思わない」。ほかのヨーロッパ人は、食卓の清潔さや、食事のマナーのよさなどが当時のヨーロッパよりも優れていることは評価していた。だが、日本食が饗《もてな》される際の優雅さに感嘆した外国人たちも、こと〝味〟に関する限りは、イタリアから来たある神父の意見に同感だった。つまり、「材料および調理法はヨーロッパの料理と著しく異なっていて、中身も味も大違いである。日本食に慣れるまでに、大変な苦労と困難を体験する」というのである。

日本料理のこうした悲しい評判は、つい最近まで続いた。私の学生時代には、ニューヨークにはたった一軒しか日本料理店がなかったものだ。一九一〇年に開店したというから歴史は古かったが、日本料理の評判があまり芳しくなかったため、この店はほそぼそとやっている状態だったのである。戦後、私が過ごしたロンドンには日本料理屋は一軒もなく、パリにも一軒だけだった。これとは対照的にこれら三都市には数多くの中華料理店があり、アメリカの場合にはどんなに小さい都市にも、中華料理店が必ず一軒はあったのである。

どうして日本料理は、中華料理に比べてかくも低い評価しか受けなかったのか、と不審に思われる読者もおられよう。また、過去二十年ほどの間に、日本料理への評価がこれほど劇的な変化を遂げたのは、いったいなぜなのだろうか。今日、ニューヨークには合計三百以上もの日本料理店がある。日本料理店の数は、戦後になって徐々に増えはじめた。たぶん、アメリカの軍人が大勢日本にやってきたことが原因だろう。だが、これらの店は当初、〝スキヤキ〟と〝テンプラ〟しか出さなかった。刺し身が出る場合には、raw fish（アメリカにおける刺し身の呼び名）ではなく、fresh fish つまり〝新鮮ですから怖がらなくてもよいのですよ〟というニュアンスの用語でメニューに上ったのだった。〝生の魚〟などと書いて、客を驚かせてはならないという、店主の配慮があったのだろう。だが今日では、ニューヨークの一流の日本料理店は〝スキヤキ〟よりも〝ロウ・フィッシュ〟をメニューの筆頭に置いているし、日本食はすっかりニューヨークっ子の生活に溶け込んでしまってお り、毎週一回は日本料理店に足を運ぶのは当たり前のこととしている人も多い。

ところが日本人は、海外における日本料理の評価が変わりつつあることを、まだ十分に認識していないようである。昔、外国人が刺し身――つまり生の魚の肉――と聞いただけで青くなったことを覚えている人たちは、今でも、「先生はお刺し身を召し上がるんですか」などと私に訊《き》くのである（もしかしたら、日本人はこの妙《たえ》なる珍味を外国人に味わわせたくないのではないだろうか⁉）。外国人に出される日本食は、今でも圧倒的に〝テンプラ〟なのである。だから、外国人のなかに日本食はテンプラ一種類しかないと信じ込んで日本を離れる人々がいたとしても不思議ではない。

私は、初めて日本食を食べたときのことを覚えている。当時十九歳で、コロンビア大学で日本語の勉強を始めたばかりのころだった。クラスメートの一人に、以前日本に住んだことのある金持ちの婦人がいて、われわれを自宅に呼んでくれたのである。日本人のコックが料理してくれたのだが、当然のことながら、スキヤキだった。私は、生卵をといた中に料理を浸してから食べる習慣を面白いと思ったが、覚えていることはそれだけである。

その後、海軍日本語学校で日本語を勉強するようになって、先生方の家庭に夕食に招待される機会が何度かあった。ある晩、私は初めて刺し身を食べた。生の魚に対する抵抗感は当初から全くなかったが、ワサビを口に入れたとたん、ひどいくしゃみが出、目から大粒の涙が出てきたのには参ってしまった。日本食にすっかり慣れきった後も、このワサビだけは苦手だった。初めて京都に住むようになったのは一九五三年だが、そのころの私はカツオなどのように、ワサビを使わないで食べる魚を選んで食べたものだった。ところが、私の味覚はある日突然変異を起こしたらしく、今では日本人並みにワサビを食べている。

それから一九五五年までの二年間を京都で過ごしたが、その間、洋食はいっさい口にしないで通した。日本食を本当においしいと思うようにならない限り、日本文化を十分に理解できるわけがない、と思ったからである。もちろん、これは極めて短絡的な発想だった。日本人だって、西洋料理のほうが好きな人も、刺し身が嫌いな人もいるのだから。だが私は、好きなものでも嫌いなものでも、何でも食べようと決意したのだった。もしだれかが、「塩辛は外人には無理さ」などと言おうものなら、自分がそこいらの外人とは違うことを証明するため、何としても食べると言い張ったものである。友人たちは、ひっきりなしに私をテストした。「納豆《なっとう》は食べられますか」「じゃあ、鮒《ふな》寿司はどうですか」といった具合に……。友人たちは、日本人にしか味がわからないだろうと考えて私に勧めた日本的な食べ物を、外人の私がちゃんと食べるのを見て、いささか落胆したようすだった。

私のこの〝勇気ある行動〟の話はさておき、私はますます日本食が好きになっていった。京都、そして後に住むようになった東京で私の食事の世話をしてくれたおばさんたちみんなが、本格的な日本料理の調理法に精通していたのは幸運なことだった。料理屋に行けば、実質的な家庭料理よりは見栄えのよい料理が出てくる。だが、幸運にも私が作ってもらっている料理の味を凌《しの》ぐようなものは、外では決して味わえないのである。

さて、日本料理店で食事をする際に楽しいのは、味のみならず、雰囲気のよさである。雰囲気の優雅さにかけては、何といっても和食の店が最高である。だからこそ、値も張るのだ。ヨーロッパの一流レストランでもプライヴァシーが楽しめるような個室はあるが、日本の場合、超一流の料理店でなくても、お座敷に上がって食事をすることができる。お座敷には、ときに専用の庭があったりするが、これはヨーロッパの一流レストランでも決してありえないことである。

和食の店には、外国では見られない特徴がある。つまり、客は普通、自分の食べる物をすべて板前さんに任せてしまうという点である。板前さんはどの魚や野菜が今一番おいしいかということを、客のだれよりもよく知っている。また、旬《しゅん》の物についても任せておけばよい。ヨーロッパでは、イチゴやアスパラガスの初物や、秋の野鳥や獣肉等は、大いに珍重されるが、たいていの料理は季節感抜きで出される。ステーキは一年のうちのいつが食べごろだとか、ジャガイモはいつ食べてはいけないとかは、外国ではだれも私に教えてくれなかった。だが日本の板前さんは、まさしくこうした情報の宝庫なのだ。彼らはありとあらゆる種類の食べ物の食べごろを心得ているから、客からいちいち指図される必要はないのである。

食事の楽しさがその場の雰囲気に大いに影響されるのは言うまでもないことだが、味こそ、究極的にその料亭なりレストランの質を決定する要素である。洋食に比べた場合、和食は味と歯ごたえの多様性という特質を備えている。最近、短期間東京に〝里帰り〟したとき、私は銀座の浜作という、すばらしい和食の店で食事をする機会を得た。食べた物は、生ウニ、オコゼの刺し身、蟹味噌《かにみそ》、ヒラメの縁側《えんがわ》、ズワイガニ、それとフグの唐揚げだった。それぞれ、えも言われぬ珍味であり、辛口の日本酒にピタリと合った。フランス人なら、日本酒には良質のフランス・ワインの持つ深い味わいがないと言って不平を述べるかもしれないが、日本酒はあらゆる種類の和食に合い、しかも食事が進むにつれておいしさが増す、不思議な飲み物なのである。冒頭に述べた桃山時代のスペイン人も〝サケ〟は高く評価しているのだ。

和食を食べる際のもう一つの喜びは、カウンターに陣取り、板前さんのみごとな包丁さばきを目の当たりにすることである。フグの身が薄くおろされ、皿の上に花形に盛り付けされてゆく様に見入ることは、それ自体が一つの美的体験である。その季節に特に美味なるものについて訊くと、ぽんぽんと答えが返ってくる。プロの保証つきのアドヴァイスは、まさに耳を傾けるのに十分の価値があるのだ。私はまた、トンカツ屋に行って、職人が体をリズミカルに動かしながら、豚肉をまず生卵をといた器の中に浸し、次にパン粉をまぶす作業に打ち込んでいる姿を見るのが好きだ。日本食の職人たちのこうした身の入れ方は、陶芸家や彫金師たちの芸への献身に勝るとも劣らないものであり、外国のカウンター・レストランの向こうでしょっちゅう目につく、コックたちのあのいいかげんな仕事ぶりとは、実に雲泥の差があるというものである。

日本を訪れる外国人たちは、しばしば、和食は中華料理に比べてまずいと言う。両方とも、箸《はし》を使って食べる料理だという点では似ているが、私は和食と中華料理は本来異質の料理だと思う。茶、豆腐、醤油などをはじめとする、和食に不可欠な材料や調味料は、確かに中国から渡来したものである。しかし、使われている材料一つ一つの本来の味を大切にするという日本料理の真髄は、フカのヒレを使った料理で象徴される中国料理とは似ても似つかぬものなのである。フカのヒレは、本来は味もそっけもないもので、コックが編み出したソースに助けられて、どうやら味が出ているに過ぎないのだ。

イギリス人も、自分たちの料理は天然の味を大切にしたものだと言い、フランス人のようにソースで料理の味をごまかしたりはしないと主張する。だが、イギリス料理は調理過剰ともいうべき代物であり、見てくれも極めてお粗末だから、何を食べても味は大差ないのである。

和食のなかで外国人が最も馴染めないのが、朝食であることは間違いない。味噌汁がおいしいという外国人はたまにはいるが、毎朝飲みたいという人はまれだし、日本の朝食には決まって出てくる干物、のり、生卵の類は外国人には好まれない。

世界のどの国を見ても、朝食に関しては人間はかなり保守的なようだ。アメリカ人やイギリス人は、毎朝でもボイルド・エッグやフライド・エッグを食べることをいとわないし、フランス人は飽きもせず、毎朝クロワッサンを食べる。日本人にとっては味噌汁を飲むことが、眠りからさめて活動を開始する重要な一段階であり、飽きてしまうことなどありえないのだ。

数年前、日本人の団体に加わって中国を旅したことがあるが、毎朝出てくる中国の粥《かゆ》にはうんざりしてしまった。幸い、日本人の友達が漬物やふりかけを分けてくれたので助かった。だが、朝粥を日本の漬物やふりかけで味つけして食べていたことを中国人が知ったら、大いに慨嘆したことだろう。

日本料理は、世界を代表するような料理だとは一般には認められていない。最近会った料理研究家は、世界的料理とは次の五つを言うのだと宣《のたも》うた。つまり、フランス料理、イタリア料理、イラン料理、インド料理、中華料理、の五つである。もしかしたら、そうなのかもしれない。だが私は、〝ご馳走〟のことを考えるとき、だいたいにおいて、和食のことを思い浮かべる。

人は、年をとるにつれて、成長期に食べた料理の味、つまり〝おふくろの味〟が恋しくなるものだ、と聞いたことがある。私の場合、これは当てはまらない。そして、私が何か食べ物が恋しくなるとすると、それは決まって和食なのである。もしかしたら、私は前世において日本人だったのだろうか。

雑音考

［一九八四・七・二九］

アメリカやヨーロッパに五ヵ月ほど滞在した後、東京のわが家に帰って実のところホッとした。押し入れの中にしまってあった物を取り出し部屋を飾っていると、無事に長い旅を終えたという快感を覚える。ちょうどその時、窓の下にある公立庭園の拡声器から「蛍の光」の音楽がけたたましく響いてきた。次に「本日はご来園下さいましてありがとうございました。間もなく閉門いたしますので、どなたさまもお忘れ物のないようお出口へお進み下さい」という女性の声が聞こえた。「蛍の光」がまた鳴り、女性の甘ったるい声が続いた。それは十五分ほど繰り返された。海外で東京の家を懐かしく思い出した時は、このうるさい案内をすっかり忘れていた。

それ以来、月曜は別として午後四時半になると、私は一種の緊張を感じる。雨がはげしく降って庭園に人が全くいなくても、相変わらずのあのいとわしい曲をたっぷり流す。涼しい時は窓をしめてラジオをつければ庭園から流れる音をかき消すことができるが、暑くなると、やはり窓をしめるわけにいかない。

私は庭園を見おろして生活したかったので、現在の東京のマンションを買った。今でも机に向かって原稿を書いている時などは、何回も庭園の緑を楽しむ。このような眺めがなければ、勉強がうまくいかないだろうと思っている。毎日、何時間も緑を楽しんでいるので、わずか十五分間ぐらいの苦痛はがまんしろ、と思われるかもしれない。しかし、耳をおおって、昔好きだった曲を呪うのは、なんともやり切れない。

五月、パリにあるロダン美術館を訪ねた。展覧会を見てから美術館の裏にある庭園を散歩し、ベンチに腰をおろした。しばらくそこで休んでいると、どこからか鈴の音が聞こえてきた。二十秒ぐらい続いた。庭園にいた人たちが皆出口のほうへ行ったので、閉門の時間だということがわかった。日本でも「蛍の光」をがなり立てないで客を帰す方法はないだろうか。

「蛍の光」だけではない。先日、新幹線に乗った時、窓の外から「足元にご注意下さい」という録音テープを停車中絶えず流していた。間もなく発車したので、それほど耳障《みみざわ》りにならなかったが、ホームの売店に勤めている人は、八時間も「足元にご注意」という放送を聞かされたのでは、足ではなく頭が心配になってくる。昔の拷問には、水の音があったそうである。シーンとした部屋に、ポタポタという音が五秒ごとに聞こえると囚人は、音を止めて、と何でも自白したらしい。

それでも選挙の年でなければ、まだしも幸いだ。日本の雑音の中でも、選挙は特別である。連呼や「よろしく」の連発が絶えず響くので、にぎやかな大通りに面した部屋だったら朝からすばらしい〝交響曲〟を聞くことが出来る。民主主義の必要悪かもしれないが、若い女性がマイクを持って「よろしく、よろしく」とヒステリックに叫んでも効果があるかどうか疑問である。候補者の名前を繰り返し叫べば候補者自身は喜ぶだろうが、私が有権者だったら、「よろしく」と一度も頼まなかった候補者に大切な一票を投じると思う。

それなら外国には雑音がないか、と言われたら無論そうではない。パリのタクシーの警笛はだいぶ静かになったとはいえ、ガーシュインの「パリのアメリカ人」の主なテーマになるほど典型的な雑音である。この間私は、〝音楽の都〟であるウィーンでもさまざまの雑音に出合った。歩道のあちこちで音楽を聞かせて物乞いをしている人がかなり目立った。もっとも全部外国人で、オーストリア人ではなかったようである。しかも拡声器の性能が悪いらしく、遠くまでは聞こえない。

それに比べて庭園から流す「蛍の光」は近所のいたるところではっきり聞こえる。この原稿を書いている今も、男の声で「現在は大変混雑していますから……」と親切に教えているが、七階の部屋にいる私は、見えないところの混雑にはあまり興味がない。日本製拡声器の優秀さを物語るよい証拠であろう。

昔の日本人は静寂さを大事にしたと思われる。数年前、久しぶりで松島を訪ねたが、瑞巌寺《ずいがんじ》で方々から違った案内者の声が響いてきたり、お寺の説明や冗談の声が聞こえたり、大混乱と騒々しさの極みであった。私はたまらなくなり、海岸へ逃げたが、そうすると足元から、遊覧船の案内が襲ってきた。なんと地面に数メートルごとに拡声器が備え付けてあった。私は「芭蕉はどんなに驚くだろう」と苦笑した。

芭蕉は「奥の細道」の旅行中、「殊に清閑の地也」と人にすすめられて、「七里ばかり」清閑を楽しむように逆行して歩いた。山形のその山寺に着いて、

佳景寂寞として心すみ行くのみおぼゆ。

閑《しずか》さや岩にしみ入《いる》蟬の声

と書いた。現在、同じ山寺へ行っても「閑さ」に感心できるのだろうか。三十年前にこの山寺の清閑を楽しんだ私は、雑音の楽しさを理解できるまでは、そこに行くことをためらっている。

軽井沢情調の今昔

［一九八五・八・五］

三十年ほど前に、私が初めて軽井沢を訪ねた頃は、避暑地を開発した宣教師たちの影響はまだかなり強く残っていた。町にはバーが一軒もなく、教会や外国を思わせるようなパン屋が目立ち、堀辰雄《ほりたつお》の小説に描かれているような金髪の少女がテニスコートと古めかしい郵便局との間の小路をさまよっているのをよく見かけた。現在、バーは何軒もあり、宣教師の多くは野尻へ移ったので金髪の少女も少なくなってしまった。が、別の異国情調が町にただよってきた。

正直に言って、三十年前の軽井沢にはあまり魅力を感じなかった。西洋の避暑地を思わせる町は日本人にとって珍しかっただろうが、私は子供の時から知っていたような場所に何のあこがれも持っていなかった。が、日本に家が欲しいと思っていた私は、軽井沢が別荘地であるから留守番が要らないということで、二十年前にそこに土地を買って別荘を建てた。土地を持つことも家を建てることも生まれて初めてのことだった。軽井沢を嫌っていた私はだんだん別荘とその周囲に相当の愛着を感じるようになった。堀辰雄や福永武彦《ふくながたけひこ》等と同様に、私は軽井沢の山、森、野花、清流に惹《ひ》かれていたが、東京の一流店の軽井沢支店には興味が湧いたことがない。豪華な別荘で営まれる社交界の集まりに出席したこともない。私が軽井沢に求めているものはそういうところではなかった。

いつか地方の新聞記者が私の別荘を訪ねた時、驚いた表情を浮かべて、「軽井沢には立派な別荘がたくさんできましたが、これは別荘ではなく、庵《いおり》ですね」と言った。その通りである。

芭蕉の文学にほれている私は庵が欲しかったので家を建てた。別荘が完成したのは六月の中旬頃だったので、もう梅雨が始まっていて、毎日のように雨が降っていたが、壁のしっくいがまだ十分乾いていなかったので、私は雨に打たれる庵の中で楽しく生活していた。当時『徒然草』の翻訳をしていたが、このような家で雨の音を聞きながら注釈書と首っ引きで着実に翻訳を続けていた私は、何の問題もなく兼好法師の感情に入ることができた。私の翻訳の中では『徒然草』が一番よく出来ていると思うが、これは軽井沢の庵のお蔭であろう。

無論、私だけのことではない。堀辰雄や堀の弟子たちは軽井沢に負うところが多かったが、堀文学と何の関係もない安部《あべ》公房《こうぼう》も軽井沢で『砂《すな》の女《おんな》』を書いたことも偶然ではなかろう。辺鄙《へんぴ》な、牛小屋のような、電気のない〝庵〟で砂に埋もれた家を心に描くことは、そうむずかしくなかっただろう。

私の別荘には初めから電気がついていたが、冷蔵庫はなかった。当時、毎朝ご用聞きが来て、晩御飯に要る魚、肉等を夕方までに配達してくれたので冷蔵庫は不必要であった。町に出ることはあまりなかったが、バスが一時間に何本も近くの停留所に止まってくれたので便利だった。

現在、ご用聞きがいなくなり、牛乳の配達もなくなったが、私以外の別荘の住人は全然困らないだろう。自動車を持たないことが珍しくなってしまったので、バスの利用者が減り、当然のことだが、バスの本数も激減し、運転ができない私にとって極めて不便な生活になった。

かつての私の楽しみの一つは、裏道を歩いて近くの丘の上まで登ることであった。無数の野花が咲いていて、樹、雑草、笹等が茂っていたので通りにくいところもあった。六月ごろ樹々に絡んでいる藤はみごとだった。丘の上に着くとバロック音楽が聞こえてくることが何回もある。ラジオかレコードかわからないが、堀辰雄はチェコ公使館の別荘から流れてきたバッハのフーガを聞いて感激したそうだが、それに劣らず私も感激した。バロック音楽は軽井沢の風景によく似合うようである。数年前に、歩きにくい歩道にコンクリートを敷いて立派な自動車道路ができた。野花は全滅したが、自動車さまはどんなに喜んだだろう。バロック音楽の家の道は広くなったばかりでなく、林の木を伐採されて分譲地ができた。

木陰が全然ない別荘は涼しいだろうか。しかし、そういうと自分が別荘を建てたころの軽井沢はよかったが、それ以来悪くなってしまったというよく聞く愚痴のように思われるおそれがある。自分の別荘を最後にして、軽井沢の開発を禁じたい人が多いだろうが、私は必ずしもそう思っていない。開発してもいいと思うが、自動車の現状以上の乗り入れを禁じたらどうかと思う。いかにも自動車の運転のできない人間の発言らしいと思われるだろうが、マイカーが増えるに従って分譲地も増え、森がなくなってしまうことは遠い将来の話ではないことは自明である。

夏の軽井沢への自動車の乗り入れを完全に禁じたほうがかえって自動車の持ち主に対して親切な行為であろう。八月の日曜日には東京から軽井沢まで自動車がじゅずつなぎになっていて、片道七、八時間かかるのではなかろうか。そして軽井沢に着いても涼しくもなく、見るものは何もない。ただ、軽井沢を見てきたと言えるくらいの楽しみしかない。有名人の別荘の所在地は週刊誌に載っているので、標札回りに行けるが、実はそれほど面白くはない。

現在の旧軽井沢は亜流の原宿になってしまった。早い電車で東京から着いた若い女性たちが、軽井沢に住んでいるという印象を与えたいらしく、細長いフランスパンを買い、小脇にはさんで町を歩いて行く。極端な場合、東京から犬を連れて軽井沢の住人ぶっている人もいる。フランスパンや洋犬や原宿を思い出させる出立《いでた》ちは軽井沢に新しい異国趣味をもたらした。堀辰雄時代の軽井沢は永遠に姿を消してしまったらしい。そして今のうちに自動車の侵入から自然を守らなければ、旧軽井沢ばかりでなく、新軽井沢も中軽井沢も南軽井沢も北軽井沢も西軽井沢も犠牲になるのではないかと案じている次第である。

日本のマスコミ

［一九八六・二］

民主的な社会にとって報道の自由が大切であることは言うまでもない。しかし、今日では〝民主主義〟という言葉は国によってさまざまな意味合いを帯びて用いられており、ときには相矛盾するような場合もある。民主主義を定義づけることは確かにむずかしいが、報道の自由が保証されていない社会は――たとえ、社会保障が行き届いていたり、雇用の保証その他の恩恵が国民に与えられていたとしても――民主社会とは呼べないだろうと私は考えている。

しかし、最大の自由を享受している社会にあっても、報道には限界というものが存在する。記者が耳にした単なる噂に基づいて個人を攻撃したりしたら、その新聞は名誉毀損《きそん》で訴えられるだろう。民主的な社会にあっては、名誉毀損その他の中傷から国民を守る措置は、事実を報道する自由に劣らず大切なものである。民主社会においても、他国と交戦中であるとか、その他の緊急事態が生じているとかいう場合には、政府が自国にとって不利となる事実の報道を一時的に禁ずるということは起こりうる。しかし、戦争その他の緊急事態が終結した際に、報道規制が解かれるかどうかによって、その国の民主主義の度合いが計られる。敵国に取り巻かれているという理由で規制が続くようなら、その社会は真に民主的であるとは言えないのである。

今日の日本は、かつて例のなかったほどの報道の自由を享受している。政府にとって不都合な記事が載っているからといって、新聞が押収されるなどということは、ほとんど想像することさえできない（一九三〇年代にはそういうことも起こったわけだが）。そして、日本の新聞はそれなりに責任ある態度をとってきている。どこの国の新聞でもそうだが、日本の新聞もときに過ちを犯すことがある。しかし、それはあくまでも過失であって故意のものではなく、通例、新聞は謝罪するとともに誤りを訂正する。

日本のジャーナリズムのなかで程度が落ちるのはスポーツ新聞である。スポーツ新聞は、やがては根拠のないことがわかる噂を、赤や青の大見出しのもとに、あたかも事実であるかのように書きたてる。しかし、だれもそれをとがめたりはしない。そもそもスポーツはそれほど大切なものではなく、新聞社側も過ちを認める義務を感じないのである。日々刊行されるスポーツ新聞の記事は、翌日には完全に忘れ去られてしまう――その報じる野球の試合や競馬の結果よりもはるかに早く。

世界の国々のなかには、スポーツ新聞のみならずあらゆる新聞を通じて、同様の無謀さが見受けられるところもある。ジャーナリズムとしては最悪の状況と言わなければならないだろう。それらの国々の新聞は、民主国家の政府が新聞を販売停止処分にすることを嫌う点を利用して、報道の自由を悪用し、根拠が不確かだったりまったくの誤りであることがわかっていたりする記事をあえて掲載するのである。しかし、これも民主社会に必然的に伴うリスクだと言えるかもしれない。というのも、民主社会は究極のところ警察による弾圧にではなく、良識ある読者大衆がその種の記事を拒否することに期待をかけているからである。幸いなことに、新聞に関する限り、グレシャムの法則は当てはまらないようだ。悪い新聞は必ずしも良い新聞を駆逐するとは限らないのである。

日本の主要な全国紙や地方紙のなかには、読者の低次元の好奇心に無責任におもねろうとするものは見当たらない。航空機事故などが発生した場合、犠牲者の無残な遺体の写真を掲載すれば、センセーションを求める読者が喜ぶことは間違いない。しかし、犠牲者の遺族ばかりでなく大多数の読者が不快感を覚えることも、また確かである。部数拡張に最も熱心な編集者にしたところで、読者の次元の低い欲求にこたえつづければ、ますますショッキングな写真を掲載しなければならなくなり、やがて読者の感受性を低劣化させてしまう結果となることを心得ているのだ。

日本の週刊誌は、競争がより激しいためだろう、新聞よりも自制力が弱いようだ。週刊誌は、ニュース種になった人々の私生活を遠慮会釈もなくのぞき込もうとする。たまたまスキャンダルに巻き込まれた人にとってさえ、週刊誌の流儀は恐怖だろうと思われる。報道されたとなれば、その人がそのスキャンダルに深くかかわっているような印象を与えるからだ。そして、その種の雑誌を読む読者は、社会的に尊敬を集めている人々にも弱点があることを知りたがっているものなのだ。それは、それら有名人がこれまでに享受してきたものに対する羨望が姿を変えて現れたものに過ぎないのだが。

その種の雑誌に目を通すと、記者は実際にあったことを書いているだけではなく、創作をまじえているのだという印象を受けることがしばしばある。近年、ある午後の番組を担当していたテレビのプロデューサーが、少女たちに〝リンチ〟を演じさせたという事実が明るみに出たが、ここまで極端ではなくても、いわゆるやらせはかなり日常的に行われているものなのだろう。責任感のあるジャーナリストは自分の書く記事の裏付けを取るものだが、週刊誌の記者（やテレビのプロデューサー）の中には、ときにありもしない話をでっち上げてしまったり、きわめて曖昧《あいまい》な根拠に基づいて話を構成したりする者もあるようだ。楽しみを提供してくれる人間を非難する人などいるわけがない、とでも彼らは思っているのだろう。

レポーターたちが事故の犠牲者につきまとい、心境を尋ねたりする場面を見ると、私は背筋の凍るような思いがする。一九八五年八月の日航機事故の生存者の一人が退院して家に戻ったときにも、テレビのレポーターたちは彼女にマイクを突きつけて心境を尋ねたものだ。彼らは、突然、両親と妹を失った少女が、そんな目に遭ってどう感じると思ったのだろうか。さらに胸くそが悪くなったのは、それらのレポーターたちが、その少女の笑顔の写真を手に入れようと躍起になったことだ。どのような手を使ったのか知らないが、彼らはやがて望みの写真を入手し、ある週刊誌などはその一枚の笑顔の写真を根拠に、芸能界に入ったらアイドルになれるだろうなどと書いたものだ。これほどサディスティックなジャーナリズムも珍しいと私は思う。将来、その写真を見たとき——肉親の死が何らの影響をも及ぼさなかったような印象さえ与えかねない写真なのだ——少女はいったいどんな気がするだろうか。

報道機関が自己の責任において報道活動を展開する民主社会にあっては、情報の正確さよりも利潤の追求が優先されかねないという危険が存在する。第一面に無残な遺体の写真を載せる新聞のほうが、写真を使わずに事故を報ずる新聞よりも売りやすいだろう。幸いなことに、日本では、新聞社の間に協定があって、政府の規制を待つまでもなく、その種の写真は新聞には掲載できないことになっている。

新聞は（そして週刊誌も）自らの基準というものを作ることができる。長年にわたって第一面を極端なまでに〝清潔に〟保ってきたのはロンドンのタイムズ紙だ。同紙は第一面に、案内広告しか載せなかったのである。初めてイギリスを訪れたときには、第一面に見出しも写真も載っていない新聞があることを知って驚いたものだが、その後、しだいにこの極端なまでの潔癖さに感服するようになった。これはイギリス人のセンセーショナリズム嫌いを極端な形で具現化したものと言えるだろう（イギリスでもニューズ・オブ・ザ・ワールド紙その他のいかがわしい新聞はセンセーショナリズムを売りものにしている）。それにしても、殺人事件やセンセーショナルな離婚騒動に対する人々の好奇心に訴えようとしないタイムズ紙の見識は非常に印象的だった。同紙も第一面その他に広告を載せているものの、全体的に見ると、売るための商品という感じを与えないのである。実際、タイムズ紙は事実を公平に報道するというジャーナリズムの理想を体現した新聞だったと言えるだろう。

今日でもそのような新聞は少数ながら存在する。もっとも、タイムズ紙自体は、従来の潔癖さに満足しない読者の要望に押されて、結局は妥協をしなければならなかったのだが。

社会において新聞が果たす役割は、三十年前に比べたら、それほど大きなものではなくなっている。多くの人々は娯楽のためばかりではなく、世の中の出来事を知るうえでも、テレビに頼るようになっているからだ。番組のテーマの取り上げ方、扱い方によって、世論を操作することは、昔よりも容易になっているだろう。たとえば、ニューヨークの犯罪を扱った日本のテレビ番組を見れば、人々はニューヨークの街を歩くことは四六時中危険なのだと思うようになるだろう。その影響力はどんなに優れた新聞記事より大きいのである（私は毎年四カ月をニューヨークで過すのだが、日本に帰ってくる度に、東京の知人たちは、よく生きて帰ったものだと感心するのだ）。アメリカの悪い面を扱ったその種の番組と、どこか他の国の、健康的で明るい一面を扱った番組が並んでいれば、放映する側に特別の意図はなかったとしても、見る人々は何らかの影響を受けることもありうるわけである。これは大変に大きな問題であり、今後、十分に検討される必要がある。

携わっている仕事の性質上、私には映画俳優やテレビのパーソナリティーたちの生活をよく載せている大衆誌を読む時間はほとんどない。某映画俳優が某女優と結婚しそうだとか、女優のだれそれが妊娠したなどという話には、私は興味がない。私にはしなければならないことが山ほどあるからだ。その種のジャーナリズムはそれほどの害を流すことはないだろうが、あまり世の中の役に立つとも思えない。

しかし、全般的に見れば、日本の新聞、雑誌、テレビはよくやっていると言ってよいだろう。特に新聞は、読者が膨大であるために妥協を余儀なくされながらも、さまざまな困難に抗しつつ高い水準を維持している。事態は理想的と言うにはほど遠いが、世界には、民主国家の国民として日本人が享受している報道の自由を、羨望の目で見ている人々が無数にいるに違いないのである。

戦争犯罪を裁くことの意味

［一九八三・五・二七］

ドキュメント・フィルム『東京裁判《とうきょうさいばん》』を見ながらさまざまの思い出が甦った。とはいえ、私は裁判と関係したわけではない。当時の占領軍の方針として宣教師や貿易商以外の外国人を日本に入国させなかったが、裁判の通訳は入国できたので、一日も早く日本へ行きたがっていた私は募集に応じた。しばらくして採用通知があったが、迷いに迷ったあげく、断りの電報を打った。日本へは行きたかったが、戦犯を裁くことについての疑問があまりにも深すぎたので、通訳としても参加したくなかったのだ。

当時の私の考え方は終戦直後、友人に出した手紙の中に手短に書いてあるから引用する。

「日本の指導者たちを〝戦争犯罪人〟の名の下に処罰するのは、名目がいかに高尚な響きを持つものであっても、結局は、人類の歴史が始まって以来、多くの国々が行ってきたことを繰り返すことにすぎない。もし、征服された民族の犯罪のみならず、イギリス人がインドや香港で犯した罪、フランス人がシリアで犯した罪、ロシアが東ヨーロッパで犯した罪、そしてアメリカが無防備の住宅地に住む日本人たちに爆撃を浴びせたことなどが問われるのであれば、この戦争裁判は新しい時代の幕開けを象徴するものであるという言葉は、それなりの意味を持つ。しかし、今回の戦争裁判は、実際には終戦を祝う儀式として開かれるものであり、例によって敗戦国非難と自己満足の精神に満ち満ちているのだ」（一九四五年九月二十三日付の書簡。オーテス・ケーリ編『天皇《てんのう》の孤島《ことう》』に収録。一九七七年、サイマル出版会）

もちろん、日本人にも似たことを考えている人はかなりいた。たとえば、高見順《たかみじゅん》の『敗戦日記《はいせんにっき》』に次のようなくだりがある。

「太平洋米軍司令部の発表になる〝比島に於ける日本兵の残虐行為〟が新聞に出ている。一読まことに慄然たるものがある。ところで、残虐ということをいったら焼夷弾による都市住民の大量焼殺も残虐極まりないものである。原子爆弾の残虐はいうを俟《ま》たない。しかし、戦勝国の残虐は問題にされないで、戦敗国の残虐のみ指弾される」（一九四五年九月十六日）

しかし、戦犯裁判を大いに期待する日本人もいた。宮本百合子《みやもとゆりこ》の小説『播州平野《ばんしゅうへいや》』

には、こうある。

「戦争犯罪人という字句をポツダム宣言の文書のうちによんだとき、ひろ子は、その表現が自分の胸にこれだけの実感をたたえて、うけとられるとは知らなかった。ひろ子は、世界の正義がこの犯罪を真にきびしく、真にゆるすことなく糺弾することを欲した」

宮本百合子（小説のひろ子）が具体的にどんな戦犯裁判を欲していたかは、明記されていない。隊長の命令を受けて〝赤〟と言われた人たちを拷問した兵士も含まれていたか、本部から命令を受けて拷問をさせた隊長も含まれていたか、そうでなければ、一握りの指導者か、または実際に犯罪を行った大勢の人か、不明である。

戦時中、私は日本軍が戦場に残した書類の翻訳をしていた。日記の中に、アメリカの飛行士が捕虜になった後、死刑に処されたという記入が時々あった。私はこうした事実を知った時、人道にそむく行為であり、明らかな犯罪だと信じていた。しかし、戦争末期、アメリカの飛行機が日本の都市の無差別爆撃を行うようになった段階、それも犯罪ではないかと思い、自分の正義感に迷いが生じた。

人間の想像力には限界がある。一人の軍人が敵の軍人を殺す、または同じ軍人が壁の前に立たされた何の防備も持たない民間人を銃剣で刺し殺すことを想像するのは、それほどむずかしくない。現に、終戦直後、私が中国の青島《チンタオ》に駐在していた時、似た話を多く聞いた。日本の兵士の戦意を高めるために、何の罪もない中国人を逮捕し、銃剣の練習の対象にした日本軍人にも会い、号令をかけた海軍大尉をも尋問した（彼は、弾丸が足りなかったためそうさせたと私に語った）。殺された中国人の死体から肝を切り取って薬にした日本兵にも会った。

これらの戦犯を調べていた時、何回もぞっとしたことがあるが、犯罪そのものは想像することができた。しかし、一万メートルの高度でハンドルを回して巨大な爆弾を投下する飛行士の犯罪の大きさは想像できなかった。数万人が焼死した場合でも、爆弾が目標をはずれて海に落ちた場合でも、殺戮《さつりく》を意図している以上、犯罪性は変わらないといえるかどうか――これは並の想像力をはるかに超える難問である。

言うまでもなく、東京裁判の被告人は自分の手で一人、または一万人を殺したわけではなく、戦争を計画し、実行したリーダーであった。彼らに言わせれば、行動の動機は祖国を守ることであり、武力に訴えたことは自分たちの意志ではなく、そうせざるを得ない状態に置かれたためである。そのような論法には一理ある。また、開戦を喜び、日本軍が各地で勝利を得ている間、戦争を支持していた多くの日本人は、東条英機《とうじょうひでき》にだまされたと弁解しても、説得力は弱いと思う。愛国心自体は犯罪ではないが、愛国心にかこつけて他国民に迷惑をかけることは明らかに犯罪である。問題は愛国心と犯罪との境目を定めることである。

最近アメリカでは、ルーズヴェルト大統領が日本軍による真珠湾攻撃を望んでいたのであり、日本軍の攻撃を挑発したという新しい説が持ち出された。本当だとすれば、ルーズヴェルトは超A級戦犯だったと言うほかなかろう。私は、この新しい説をどうしても信じられない。まず、少年のころ、ルーズヴェルト大統領は私の偶像であった。言いようもない重苦しい不況の暗闇に、彼の演説が希望の光を放った。そして彼はいつも弱者、圧迫を受けた人々の味方であり、ファシズムへの抵抗をやめぬ人に見えた。彼も戦争犯罪者だったのだろうか。

逆に、戦犯は一人もいなかったと考えられないこともない。つまり、戦争は敵を降伏させることを目的としているので、戦争を遂行する場合、手段を選べず、綺麗な核兵器と同様に、一種の欺瞞にすぎないと考えられる。さらにこの論法を進めると、戦争犯罪など、どこにもないことになる。

が、高見順は明らかに指導者に責任があったと信じていた。一九四五年十月五日の日記には、その日ムソリーニと情婦の死体写真を見せられ、次のような感想が記されている。

「日本国民の東条首相への憤激は、イタリー国民のムッソリーニへのそれに決して劣るものではないと思われる。しかし日本国民は東条首相を私邸から曳摺り出してこうした私刑を加えようとはしない。

日本人はある点、去勢されているのだ。恐怖政治ですっかり小羊の如くおとなしい、怒りを言葉や行動に積極的に現わし得ない、無気力、無力の人間にさせられているところもあるのだ。東条首相を逆さにつるさないからといって、日本人はイタリー人のような残虐を好まない穏和な民とすることはできない」

高見の極めてきびしい日本人論に同調できなくても、「日本国民は東条首相を私邸から曳摺り出」さないという高見の意見には賛成できる。過去の犯罪を忘れるか、許すという傾向が、日本人にはあるらしい。一九四六年に発表された坂口安吾《さかぐちあんご》の『堕落論《だらくろん》』に「元来日本人は最も憎悪心の少いまた永続しない国民であり、昨日の敵は今日の友という楽天性が実際の偽らぬ心情であろう」とある。

確かに、占領軍は一般の日本人の歓迎ぶりに驚いた。かつての道徳観をあっさり捨てて、二君に仕えたがる日本人も少なくなかった。もし東京裁判がなかったとすれば、東条首相が政治の舞台を一時離れてから、参議院に立候補したかもしれない。

「あやまちは人の常、許すは神の心」という諺《ことわざ》があるが、過去の犯罪を許すことができる日本人には神の心があるらしい。が、(宮本百合子の言葉を借りると)日本全国に「後家町《ごけ》」をつくらせた人たちを許したほうがいいだろうか。

『東京裁判』の最後では、アメリカ人の検事が古臭い雄弁調で、被告人が有罪の判決を受けたら人類が戦争の恐怖を免れるだろうと強調したが、その後、ベトナム戦争などの場面が映写され、安易な皮肉で彼の弁論を否定した。東京裁判から日本人ないし世界の人々は何も得なかったのだろうか。

言うまでもなく、国家が存在する限り、国と国との摩擦が起ころうし、また、人間に攻撃性がなくなるまで〝実力〟で摩擦を解決しようとする傾向も残るだろう。しかし、攻撃性を法律で限定するように、戦犯裁判で戦争を政治手段として利用する指導者をある程度まで束縛することもできるはずである。そして現在の日本における反戦思想が根強いのは東京裁判とも無関係ではなかろう。

現在の私は、三十八年前の私ほど自分の見解に自信がない。今も一方的な裁判に深い疑問を抱き、『東京裁判』を見ながら、あらゆる偏見や政治的配慮が公平な裁判を妨げたことが改めてわかったが、欠点だらけの国連でも、あることがないよりはましだと思うと同様に、あの悪名高き裁判にも戦争を不法行為として告発しただけの意義はあると信じたいのである。

刑死した人たちの声

［一九八四・八］

もう二十数年前の話になるが、友人の家で『世紀《せいき》の遺書《いしょ》』（一九五三年、巣鴨遺書編纂会）を読み、深い印象を受けたことがある。戦後まもなく、戦犯裁判によって処刑された千六十八人（少数のA級、大多数のB、C級戦犯。自殺、病死を含む）の人たちが刑死の直前に、便箋、包装紙、トイレットペーパー、書物の余白などに書き綴ったものである。その後、古本屋へ行く度にこの本を探したが、古本屋の本棚にはなかった。持っている人が手放さなかったのだろう。

最近、復刻されたもの（『復刻 世紀の遺書』一九八四年、講談社）でもう一度読み直したが、二十数年前の時よりもっと感激した。二十数年前に読んだ時は、処刑される直前に述べられた家族への別れの悲しみや感動させるような文章を読んで、人の誠実に感銘を受けた。同様に今度もどの文学作品にも劣らないような感動的な内容に驚き、一人一人の悲しみが他人事のように思えなかった。一部分だけを再読しようと思っていたのに、本の中に吸い込まれて読みさしにすることができなかった。数々の遺書が皆よく似た状況の下で書かれたが、不思議なほど多様性があり、父母、妻、子供に残した言葉に共通な表現があっても、どの手紙にも何か意外な発言があり、読者の胸を打つ。

もう一つ共通のテーマは東条英機の遺書にも現れている。「此の裁判は結局は政治裁判に終つた。勝者の裁判たる性質を脱却せぬ」。私自身、日本の戦争指導者を罰することの意味を疑っていた。それは、有史以来あらゆる国がやってきたことの繰り返しにすぎず、「むしろ彼らの行為を崇高視させることになる」と一九四五年当時、友人に書き送ったことがある。

裁判を肯定した遺書は、もちろんない。自分の行為を反省して罪があったと認める筆者もいない。ビルマのラングーンで処刑された憲兵大尉は次のように書いている。

「国家の命ずる儘《まま》に、上司の意図のままに働いてゐた。そして誠心誠意無我の境地に於て聖戦だ、正義だと信じて総《み》てを律して来た。其の行為の一部が国際法規に違反して又は社会通念上犯罪として見做《な》さるるものを形成した場合に、果して之《これ》は個人の犯罪であらうか、戦争其のものが既に世の法規や常理を超越した罪悪性を有して居る限り、之を個人の犯罪なりと簡単に片附ける理由はない。国家の命令に反し上司の意図に反して行はれた犯罪行為は明らかに個人の犯罪であらう」

『世紀の遺書』を数百人の〝辞世〟として読んでいれば、無条件で鑑賞できるが、この論法となると、一種の不安を感じる。上司の命令に従ってさえいれば個人に罪がないだろうか。戦争そのものが罪悪性を有しているから社会通念上犯罪として見做されているあらゆる行為を許すべきだろうか。そして上司の命令に反して武器を持たない村民を殺すことを個人の犯罪と思うべきだろうか。

筆者は自分たちの犯罪を認めないためか、それに言及することが極めて少ない。義務を果たしていたに過ぎないと思った兵士が多くて、受刑者には憲兵が目立っている。その一人は「今次終戦処理戦犯問題に関して最も重視せられているのは憲兵である事は間違いがない」と書いた。また、ある憲兵少佐は、「武男は別に非人道的犯罪を犯したと云ふ様な事はありませんが自己の職務上日本の敵たる比人ゲリラ隊員を取調べ処分致しました。日本が敗戦となつた故武男の行為は犯罪となるのでせう」と述べ、「私の陣地附近に在住する比島人約六十名を反軍者として部下を率ゐ処断した」と父母に伝える将校もいた。敵兵を殺すことは国際法に認められているが、民間人を殺すことはいけないとなっている。が、隊員に脅威を与えているゲリラを殺す権利がないだろうか。考えれば考えるほど私にもわからなくなる。ただ、戦争のいとわしさだけが鮮明になってくる。

もちろん、歴然たる戦争犯罪を行った人でも人非人ではなく、家族を愛して立派な社会人として活動できるような人間でも戦争となると別人のように行動する。

「……輸送中船内に於ける衛生、施設、給養（めし）の不良が（英国の俘虜）四十七名を死に至らしめ、多数の患者を発生させ且《かつ》死体の処置が不当だという理由」で死刑になった陸軍曹長は、「私は天皇陛下万才を三唱しつつ従容として日本人らしく元気よく平気で死んで行きます」と父母に告げ、最後に、「父母様お元気で暮して下さい。妻や子供を宜しくたのみます。昌子を立派な子にして下さい。昌子が大きくなつたら喜多一がこんなことで死刑になつたことを知らして下さい」と書いた。きっと立派な息子であり、立派な父親でもあった人だと思うが、戦争という非人間的な過程によって犯罪者になった。

私はシンガポールで刑死したこの曹長の遺言を読みながら、戦時中行われた犯罪について果たして裁判ができるだろうかという疑問を抱かざるを得ない。

しかし、一方的であった勝者の裁判にも意味があると信じたい。ベトナム戦争中、ベトナムの民間人の殺戮《さつりく》を命じた米軍人が米軍の軍事裁判で有罪の判決を受けたことは、日本人の戦犯裁判と無関係ではなかったと思う。一種の道義感の成立に貢献したと思いたい。現在の日本人の多くの反戦思想にも貢献したことは争えない事実である。

『世紀の遺書』を読みながら、筆者たち全部が死刑に処せられたことは忘れられない。「よかった」と思う読者は、まずいないだろう。むしろ、ある憲兵曹長の次の言葉に頷《うなず》くと思う。

「この戦争を通じて、最大の犠牲を払ったのは、吾々青年の上に見られる。何百万の英霊は、何の為に死んだか。南無阿弥陀仏を唱へたか、アーメンと十字を切ったか、否、天皇陛下万才を叫んだことは誰も疑はないであらう」

『世紀の遺書』の美しい、いかにも人間的な手紙に感動しない読者は一人もいなかろう。同じような犠牲者がまた出ないように、刑死した人たちの声が私たちの心に深くきざみ込まれ、戦争の恐ろしさを教えてくれる。

日本人の無常感

［一九八五・五・一二］

自分をとり巻く世界に対して敏感な人ならだれでも、無常感を覚えた経験が一度や二度はあるに違いない。たとえば、七、八年ぶりに友人に会うと、ずいぶん老けたと思うことがある。そして次の瞬間には、自分も同じように老けてしまったんだ、と感慨にふけったりするのである。あるいはまた、幸福な子供時代を過ごした家を訪れて、今は見る影もなく荒れ果てていたり、廃墟と化していたりするのを発見することもある。さらにはまた、歌舞伎を観にいって、かつては威厳あふれる武士を演じていた役者が、今では声も弱々しくなり、刀を取り上げるのもやっとというありさまなのに気づくこともある。それよりもっと辛《つら》いのは、愛する人が重い病気で日に日に痩《や》せ衰えていくのを見ることであり、何よりも苦しいのは、その人が死んでいくのをなす術《すべ》もなく見守らなければならないことである。そのようなときには、どこの国の人であろうと、この世のはかなさを痛感しないわけにはいかない。昔の日本では、仏教の影響もあって、そんな経験をした人々が世捨て人となることも珍しくなかったのである。

古代ギリシャの人々はこの世に対して悲観的だった。多くのギリシャ悲劇では、栄華を極め、あらゆる現世的幸福を享受している男が冒頭に登場する。しかし終幕では、運命のいたずらによって男は見るも哀れに零落してしまう。「人の一生が幸福であったかどうかは、生を終えるまでわからない」と作者は言っているのだ。その人にはもはやどのような不幸も襲いかかることがないと断言するには、その人は死んでいなければならないのである。生きている人間が、成功に気をよくして誇ったり有頂天になったりすれば、必ず神々から制裁を受けることになるのだ。神々は勝ち誇ったように振る舞う人間を許してはおかないのである。

古代――つまり、仏教伝来以前――の日本人には、死後の世界という明確な概念はなかった。『古事記』には、伊邪那美命《いざなみのみこと》を捜し出してこの世へ連れ戻すために、黄泉《よみ》の国へと旅立つ伊邪那岐命《いざなぎのみこと》の物語が記されている。しかし、伊邪那美のほうを決して見てはいけないと言われていたにもかかわらず、伊邪那岐はその命令に背いてしまう。そして、伊邪那美の体がうじだらけであることに気づいて、びっくりして逃げ帰るのである。もっと後の時代の物語にも、同じような話がいくつもある。

たとえば『今昔物語《こんじやくものがたり》』にも、最愛の妻や恋人が死んだことを信じようとしない男たちの話が数多く収められている。参河守大江定基《みかわのかみおおえさだもと》は、愛する女性が死んでも埋葬することをかたくなに拒み、何日もその体を抱擁しつづける。しかしある日、口づけをしようとしてその口から異様なにおいが漂っていることに気づき、もはや、女は生きているのだと思い込むわけにはいかなくなる。かくして、泣き泣き女の亡骸《なきがら》を埋葬し、直ちに仏教に帰依して浮き世に背を向けるのである。

無常感を覚えこの世への幻滅を感じても、日本人は仏教のおかげでそれを克服する術《すべ》を手にしたのである。この世は頼りにならないものであった。富を蓄積したところで、死ぬときには何らの意味をもつわけではなかった。家族も友人も、救いの手を差し伸べられるわけではない。しかし、仏教の教えに従いさえすれば、頼むに足りないこの世を超越し、救済されることができたのである。

大方の日本人にとって――信心深い人にとってさえ――複雑にして多岐にわたる仏教の教えを真に理解することは不可能だった。しかし、この世は無常なものだという教えはわかりやすかっただろう。事実、すべてのものはつかの間の存在にすぎないという教えは、富を誇った豊かな人々や、自分の知識は時間を超えた価値のあるものだと考えた知識人にとってよりも、その日その日をやっと生きていた貧しい人々にとって、より受け入れやすいものだったろうと思われる。どんなに学問のない人でも、この世の無常を教える「色は匂へど散りぬるを我が世たれぞ常ならむ……」といういろは歌なら耳にしていたはずである。日本人も古代ギリシャ人もともにこの世は無常だと考えていたが、日本人のほうはその気持ちを実際的に表現したという点が違うところだろう。ラフカディオ・ハーンは、「われわれは永遠を信じて建築物を造るが、日本人は最初から永続しないものとして造る」という意味のことを書いている。つまりギリシャ人は、永遠に存続するものと信じて神殿を大理石で建造した。一方日本人は、伊勢神宮を建立するにしても、二十年以上はもたないと知りつつ、いずれは腐ってしまう材料で造ったのである。比較的少数の例外を別にすれば、日本人は彫像を作るのに際して、歳月の影響を受けやすい木その他の素材を用いた。他方ギリシャ人は、神々の不滅性を表現すべく、その像を石でこしらえたわけだ。しかし、運命の皮肉といおうか、千年以上も昔に奈良で造られた木造の建築物や木像はいまだに朽ち果てることなく存在している。さながら、この世は無常だという考え方に挑むかのように。

言うまでもないことだが、日本人といえどもその日常生活においては、無常感と無縁であるかのごとくに行動しなければならなかった。種を蒔《ま》く農民は、それが順調に育つことを期待し、豊かな収穫を願っていろいろと手を尽くす。人間の努力などしょせん空しいものなのだ、などと本気で思ってしまったら、日々の仕事を遂行することはできない道理である。仏教の教えに従って、財産などというものは魂の救済にとって障害でしかないと考える商人がいたとしたら、日々の商いは続けることができないだろう。元禄時代を代表する作家井原西鶴《いはらさいかく》は、『日本永代蔵《にっぽんえいたいぐら》』の冒頭でこの世のはかなさを説いた言い習わしを引用している。それは作者の気持ちを吐露したものなのかとも思われる。西鶴は財産について、「時の間の煙、死すれば何ぞ、金銀、瓦石にはおとれり。黄泉の用には立《たち》がたし」と書く。しかし、その後にこう続けるのだ。「然《しか》りといへども、残して、子孫のためとはなりぬ」。そしてさらには、あらゆるものは――ほとんどすべてのものは――金で買えるとも書き、「是《これ》にましたる宝船の有べきや」と記す。

西鶴は心底そう信じていたわけではないだろう。しかし、何百年かにわたって、ほとんどの日本人は（この世は無常だとしみじみ思っている場合でも）財産を子孫に残そうと考えたのであり、出家して僧となるのでもない限り、この世の中では金がすべてだと信じているかのように行動してきたのである。仏教の教典が教え諭《さと》すように、確かにこの世は空しく虚《うつ》ろな場所であるかもしれない。しかし、茶の間に座して床の間の画幅を眺め、端整な線を見せる住居やその外にひろがる美しい庭を眺める裕福な人間は、自分をこの世に執着させる原因となっているそれらのものに嫌悪を感ずるよりは、それらのものがすべて自分のものだという誇りを覚えるのではないだろうか。住んでいる家がどれほどみすぼらしかろうと、人間は自分の住居に愛着を感じないわけにはいかないものだ。鴨長明《かものちょうめい》は『方丈記《ほうじょうき》』の中で、自分で建てたささやかな庵に執着を覚えないよう用心していたが、それでもやはり愛着を感ずるに至ったと書き、その執着心が悟りのじゃまになるのではないかと心配している。都における高い地位を捨て、俗世から離れて隠者として小さな庵に暮らした人でもそのような不安を覚えたのであれば、一般の人々にとってこの世に対する執着を断ち切ることがいかに難しいかは容易に想像できるだろう。

日本に限らずどこの国であろうと、大部分の人々は無常感などとは無縁のような顔をして日常の生活を営まざるをえない。大学受験を目前にした学生が、人よりぬきん出ようとする競争など無意味だと思うからもう勉強はしないと言ったところで、両親は承知するはずもないのである。その若者がさらに一歩進んで、意味のある人生を生き、来世での救済を確かなものにするために僧になる決心をしたとしよう。両親は考え直すよう勧めるだろうし、彼自身も僧籍に入ることが過去におけるよりもずっと難しくなっていることに気づくだろう。

日本では過去百年の間に実にさまざまな変化が起こったが、日本人の心の底には、はっきりとした形をとらない場合もあるにせよ、無常感が流れている。そのことは、日本人が花の命の短い桜をこよなく愛することや、多くの外国人に比べて季節の移り変わりにきわめて敏感であるという事実からもはっきりとわかる。ほとんど完全に自然と隔絶した生活を送っているために、春がきたことに気づかないニューヨークの市民を想像することは、私にとってそれほど難しくはない。しかし私は、絶えず移り変わる季節の変化に何も感じない日本人には出会ったことがない。老境に至ってそれまでかかわり合ってきた現世的なことから離れ、心静かにお経を読んだりする日本の政治家や大実業家を想像することも、私にとっては難しいことではない。老境に入って神を信じるようになる西欧の政治家や実業家を想像することのほうが、私にはずっと難しいのである。ときにはそういうことがあることも事実なのだが。

しかし私はここで、日本人の精神面にはいまだ私の理解を超える点もあることを告白しなければならない。たとえば、遺体に対する日本人のきわめて強い執着が、私にはわからないのである。新聞の報ずるところによれば、一九八五年八月に起こった日航機墜落の大惨事で亡くなった人たちの遺族は、来る日も来る日も遺体安置所に通って、亡くなった家族の指、耳、歯、その他を捜し求めたという。私はその種の報道に接してぞっとしないわけにはいかなかった。私はそんな苦しい目にあった人々に心からの同情を禁じえないし、破損の甚だしい遺体を次々と見て回ってまで家族の遺体を確認しようとした人々の意志力は大変なものだと感嘆する。しかし、私にはまねることはできない。犠牲となった人の魂は、もはやそれら悲劇的な遺体に留まってはおらず、肉体から解放されたのだと私は考えたい。

日本人よりも私のほうが、無常ということをよく理解しているのだろうか。いや、決してそうではないだろう。いやむしろ、きわめて悲しむべき状況に置かれた際の日本人に深甚な影響を与える仏教というものが、私にはまだわかっていないということなのかもしれない。

III

体験的能芸論

［一九八五・九］

かれこれ三十年も前の話だが、三島由紀夫の近代能が初めてニューヨークで上演されたとき、日本の某新聞社の特派員に、「近代能って何ですか。能には他の種類のものもあるんですか」と訊《き》かれたことがあった。最初、冗談を言っているのだろうと思った。新聞の特派員ともあろう者が、能に関して全く知識がないなどということがあるわけはないと思ったからだ。後に、私はこう考えるようになった――戦争のためにその特派員は十分な教育が受けられなかったのかもしれない、あるいは、欧米の文化の吸収に忙しくて、世界に誇る日本の舞台芸術の伝統になど思いも及ばなかったのかもしれない、と。

私には、この特派員や、彼と同じく能を観たことのない日本人を叱責《しっせき》するつもりはない。これは個人の好みの問題でもあるからだ。しかし、あらかじめ勉強したうえで能の舞台を実際に観たら、能に興味を覚える日本人は決して少なくはないだろう私は信じている。それらの人々が能という偉大なる舞台芸術に接する契機ともなればと願いつつ、私個人の経験をお伝えしたいと思う。

英語では、能は、〝ノー・ドラマ〟と呼ばれている。はじめてこの言葉を耳にしたときは、思わず吹き出したものだ。英語を母国語とする私には、〝ノー・ドラマ〟という言葉は、ドラマの一種ではなく、ドラマを否定するもののように聞こえたからである。しかし私の場合、幸いなことに、その後すぐにこのあまりなじみのない舞台芸術に好奇心を覚えるようになった。私は翻訳された能の作品を読んでみた。伯母の家に飾られていた、私が昔から大好きだった何点かの日本の絵が能の舞台を描いたものであるらしいことも初めてわかった。戦争中、日本語を勉強していたころ、私はサンフランシスコの本屋で、能の舞台を描いた版画のセットを買ったこともある。実際の能の舞台がどんなものなのか皆目見当がつかなかったが、ぜひ一度この目で見てみたいものだと思ったものである。

戦争が終わると、私は角田柳作《つのだりゅうさく》先生のもとで勉強を続けるためにコロンビア大学に戻った。教室で能の作品を二つ読んだ。『卒塔婆小町《そとばこまち》』と『松風《まつかぜ》』である。私がそれまでに読んだ日本語のなかで最もむずかしいものではあったが、そこに漂う詩情に深く感動した。『松風』は今でも大好きで、これまでに少なくとも二十回は読んでいる。

初めて能の舞台に接したのは、京都で勉強していた一九五三年のことだ。京都で暮らすようになってから間もなく、金剛能楽堂へ連れて行かれたのである。だが、正直なところ、期待したほど面白いとは思えなかった。まず、畳の上に何時間もすわっていなければならないのが苦痛だった。第二に、正午に始まったその舞台の前に、私は何も食べておかなかったのだ。いずれお弁当が出るのだろうと思ってのことだったが、出されたのはお茶だけだった。したがって、私はすわっているという苦痛の他に、激しい空腹にも苛《さいな》まれていたのだ。そして第三に、招いてくれた友人たちの手前、どれほど苦痛なときでも、舞台を楽しんでいるようなふりをしなければならなかったのだ。情況が違っていたら、初めて観る能を楽しむことができただろうと思うのだが（実際、始めの二時間ほどは夢中で鑑賞したのだ）、いずれにせよ、私にとって、能との出会いはあまり幸先のよいものだったとは言えないのである。

その次に能を観たのは、大阪の近代的な劇場においてである。京都のときのような肉体的苦痛もなく、何もかもすばらしかったが、ただ一つ、私がもっとも見たいと思っていた『松風』だけはそうではなかった。私は本で『松風』を何度も読んでいるうちに、自分なりに舞台のイメージを形成していた。すでになじんだ台詞《せりふ》が、声の美しい役者の口から聞けるものと楽しみにしていたのだ。ところが、松風と村《むら》雨《さめ》役の役者は老人で声も震えがちなうえ、押し殺したような発声なので、何を言っているのやらほとんどわからなかった。舞台が静止してしまうような瞬間もあり、そんなときには大鼓の打ち手が鼓をたたいて耳ざわりな叫びをあげるだけだった。『松風』も最後のところには「松風ばかりや残るらん」という美しい一行があって、自分でも何度もつぶやいたことがあるほど好きな言葉なのだが、その日の舞台では、その一行すら感興を覚えることはなかったのである。

能を楽しむには二つの方法があり、自分がそのいずれの方法にも従っていなかったことに気づいたのは、しばらくたってからのことである。一つはいわば芸術家的に能を鑑賞する方法である。能を知らなくても、動作や衣装の美しさ、そして何よりも雰囲気を味わうことができるのだ。外国の作家や画家と一緒に能を鑑賞したことがあるが、彼らは演《だ》し物の梗概《こうがい》ぐらいしか知らないのに、能の舞台に大いに感動したものだ。そのような人々（必ずしも芸術家である必要はない）は、他の優れた芸術に感応するのと同じように、能のユニークな特質に感応するものであり、作品の底流をなしている情緒を直感的に理解するのである。

少なくとも日本語が読める人にとっては、もっと普遍的な鑑賞法がある。つまり、謡本《うたいぼん》に目を走らせながら鑑賞すればいいのだ。観客のなかには謡を習っていて、詞章を暗記しているのに、謡本を片手に鑑賞し、何か特別に感じたことをメモしている人たちも多い。これは西欧のクラシック音楽のコンサートなどで、楽譜を見ながら鑑賞している人がいるのと同じことだ。謡本が手元にあれば、役者の台詞を理解することも比較的易しいし、舞台の情緒もよくわかろうというものである。同じ演目が違う役者によって演じられるのを見れば、役者の演技の差も、作品の解釈の仕方も違っていることが自然にわかってくるものである。

能に詳しい友人が、『卒塔婆小町』のある舞台を観て、興奮していたときのことが忘れられない。「今日のような舞台は二度と見られないでしょう」とまで彼は言ったものだ。私もまた、老婆の残りの色香を巧みに仄《ほの》めかしていたあたりを始めとして、その役者の芸風にいくつかの非凡な特質を認めはしたものの、『卒塔婆小町』をそれほどたくさん観ていたわけではないので、その日の役者の個人的な解釈を示す細かな所作の特徴まではわからなかった。『松風』や『熊野《ゆや》』に人気があるのは、作品そのものが美しいためでもあり、また、役者たちが自分なりの工夫を凝らして演技をしたり舞ったりする場面があるからだ。これらの二作は人気が高いために演じられる機会も多い。だから、能に詳しい人々は個々の上演を、それまでに観た舞台と比較することもできるわけである。

能が一種独特な演劇であることは、能楽堂に入った瞬間にわかる。磨き抜かれた木の床が設けられ、柱があり、その上に屋根の載った大きな舞台は、寺社などの聖なる場所を彷彿《ほうふつ》させ、思わず粛然となるものだ。やがて、どこからか小鼓の音と、よく通る笛の音が流れてくる。いよいよ開演だ。それらの音は、私には、生まれ出る苦しみを表しているようにも、また、死者の世界と生者の世界を隔てる途方もない距離を越えて、この世に舞い戻ってくる精霊《しょうりょう》の苦悩を象徴しているようにも聞こえる。

橋懸《はしがかり》を歩いて、まず囃子《はやし》方《かた》が入ってくる。次いで、舞台の反対側の低い出入り口(切戸口《きりどぐち》)から、地謡《じうたい》方が登場する。それぞれが位置につくと、ゆっくりとした威厳のある歩き方で、橋懸から一人の役者が登場する。通例、最初に現れる役者はワキである。ワキは黒っぽい僧衣か廷臣の衣装をまとっており、自分が何者であるか、なぜ旅をしているのかを語ったのち、舞台の反対側の隅へ移って、主役であるシテの登場を待つ。能の舞台が展開する間、ワキは観客の代表のような役割を果たし、間もなく登場する謎めいた人物に、観客が尋ねたいであろうような質問を次々とする。ワキを演ずる役者は観客の注意を自分に引きつけるようなことはめったにしない。ワキは威厳に満ちており、目の前の人物が実は幽霊なのだとわかっても度を失ったりはしない。それに引き替え、シテはしばしば激情に苦しめられる。その激しい感情のために、この世への執着を絶つことができず、成仏できずにいるのである。しばしば、ワキは祈りによって、シテを苦しめているさまざまの煩悩——それは、戦場での屈辱的な敗北であることもあれば、激しい恋情であることもあり、強い嫉妬心であることもある——から、解放してやる。

シテの登場する場面は、能の舞台のなかでも最も印象的だといえるだろう。橋懸の端の揚幕が上がり、あの世からやってきた人物が姿を現すと、私はいつも身震いするほどの興奮を覚える。面《めん》が若い女性であるときには、役者が比べるものもないほど美しく神秘的に見える。老婆の面である場合には、苦悩の歳月によって苛《さいな》まれているように思われるのだ。役者が客席に近づいたときなどに、面から頬の端が見えたりして幻滅を感じることもある。しかし、そんなこともすぐに忘れてしまい、若くて美しい女性であるはずの人物から野太い男性の声が聞こえることも気にならなくなる。

演劇と名のつくものはすべて、観客に特殊な要求をするものだ。オペラでは、観客は、登場人物たちが台詞のかわりに歌をうたうという約束事を受け入れなければならない。最も写実的な演劇においても、約束事は存在する。たとえば、観客は、恋人同士が睦言《むつごと》を交わしている場面に立ち合うという不自然さを受け入れなければならないわけである。その種の約束事さえ受け入れてしまえば、能は非常な感動を与えてくれるものだ。演劇の重要性は、それがどこまでわれわれに約束事を受け入れさせることができるか、という点によって計ることができるのではないかと思う。

能の主たる魅力は、はるか昔に書かれた詞章が、上演に際して、人間の感情を実に生々しく描き出すところにある。役者の動きや音楽は、その詞章によって描かれている出来事を取り巻く特殊な雰囲気を作り出す。能は決して現代の出来事を描くものではないが、それによって喚起される情緒は、詞章が書かれた室町時代と同様に、現代においても人々の心に通じるものなのである。世の中の様相は大きく変わったものの、人間の感情のあり方は変わっていないのだ。だからこそ、三島は近代能なるものを書くことができたのである。

謡曲（特に地謡のうたうもの）やシテの舞も、能の魅力として欠かすことができない。能の研究者のなかには、能にあってはあらゆるものが、シテの感情の表象たる最後の舞（仕舞《しまい》）のための〝前奏曲〟にすぎない、と言う人もいる。この仕舞は、人々に超自然的な感覚を覚えさせる。一時的にせよ、雑事の多い世俗的な世界から絶対的な美の世界へ誘《いざな》うのである。

能の世界は、仕事に追われるわれわれの日常に比べたらはるかにゆったりとしている。観客のなかに退屈する人がいるとしても、それは無理からぬことなのだ。しかし、能のもつ独特のリズムに身をまかせ、その簡素な舞台の良さがわかるようになれば、他のいかなる形式の演劇によっても伝えることのできない、永遠の感覚とでもいうべきものを感得できるのである。

能の普遍性

［一九八三・九］

能を観た最初の外国人は誰だったかわからないが、時期は十六世紀——つまり室町時代の末期——であっただろう。当時のポルトガルやスペイン人の伝道師の書翰《しょかん》の中には、日本人が非常に演劇を好む国民であるというくだりがあり、日本人の演劇趣向を利用し、聖書を題材にした戯曲を作り、教会の中で上演したことも手紙の中に記録されている。このような「キリスト教能」は現在残っていないが、シテ、ワキ、地謡等の能の様式を取り入れながら、アダムとエバ、洪水、イエスの聖誕等を題材にしていたらしい。日本人の信者は道を歩く時でも、「キリスト教能」を謡う習慣があったと記されている。しかし、能そのものについては何も書かれていない。

桃山時代の屏風《びょうぶ》を見ると、芸能が上演されるような場所に外国人が出入りしていたことがわかり、また、能を観た可能性も大いにあるが、多分能よりも華やかな歌舞伎に惹《ひ》かれただろう。ともかく、外国人の能鑑賞は明治期までなかったと言ってもいい。

明治時代になって数人の外国人が能に深く感心し、謡《うたい》の稽古をした。中でもアメリカ人のエドワード・モース（Edward Morse）という動物学者と、アーネスト・フェノロサ（Ernest Fenollosa）という美術研究家は最も有名である。この二人の学者がどれぐらい謡を覚えたか不明である。抜粋しか覚えられなかったという説があるが、それはどうでもいいことである。音楽家でもなく役者でもなかった学者が、時間をかけて、日本人にとってもむずかしい勉強をかなり長く続けたことはわれわれの注目に価する。能の何にそれほど惹《ひ》かれたのだろうか。フェノロサの十数曲の完訳または部分的英訳を読めばわかるが、能の文学的価値を高く評価している。

ところが、フェノロサの能びいきは当時の外国人を代表するようなものではなかった。一八九九年（明治三十二）に発行されたW・G・アストン（William George Aston）の『日本文学史《にほんぶんがくし》』は欧米人としては先駆的な研究であり、最近まで英語で書かれた唯一の日本文学史だったので、代々の英米人の日本研究家に読まれていたが、能に関する見解は当てにならない。「能は古典的な詩歌であるとは考えられない。明快さ、秩序、一貫性、上品さに欠けすぎているので〝古典的〟という称号に価しない……戯曲としても価値が少ない。取り上げるほどの事件展開もなく、演劇としての効果や適切さはほとんど考えられていない」と。同時代の日本通で知られる英国の外交官であったリーズデール男爵（Algernon Bertram Freeman Mitford）は能を「全く不可解」なものとして片付けている。

どちらかといえば、モースやフェノロサのように能を評価する外国人は少なく、能を観て退屈する外国人のほうが圧倒的に多かったし、現在でも、能に対する理解が相当高まったとはいえ、退屈する外国人のほうがまだ多い。しかし、考えてみると、日本人の場合でも同じことが言えそうである。百万人の日本人が謡や仕舞《しまい》の稽古をしているそうだが、九千万人は一度も能を観たこともなく、観たとしても、外国人に負けないほど退屈してしまうだろう。

非民主主義的芸術であるという非難はまだ耳に入らないが、確かに、能は映画やテレビと違い、すべての人を喜ばすような芸術ではない。この点では（しかし、この点に限らず）能は二十世紀の前衛的芸術と共通面が多い。「わからない」と言って理解する努力を惜しむ人が多いが、一部の人は難解といわれている芸術から他のものに見出せない快感を得ていることは事実である。

私は子供だった頃、オペラの良さを理解できず、「オペラを見に行く人は実は見て貰うために歌劇場へ行く」という俗悪な常識を信じ、歌劇場へ行かない自分は所謂《いわゆる》

〝オペラ・ファン〟よりも遥かに率直な人間だと誇っていた。現在の私はオペラが大好きであり、中学生の頃の自分の発言を何となく恥ずかしく思い出すが、電子音楽を鑑賞できる時が来るだろうか。現在の私は寛容になったためか、電子音楽やポップ・アート等の私の嫌いな芸術を楽しんでいる人たちの誠意は疑わない。理解しているという人を信じたほうがよさそうである。

能の場合でも同じだと思う。私は能の美しさを理解していると思うが、能を観てから感想を聞かれると、「面白かった」とか、「感激した」というような素人臭い表現しかできず、扇の使い方や足の運び方等について詳しい分析ができる専門家をうらやましく思う。私が能を観た時、美しい言葉が音楽になったり、動作になったりしたと感心したことがあるが、すばらしい文学だということを忘れてしまうことはない。というと、私は演技としての能、舞としての能に鈍感であると思われるかも知れないが、もちろんそのようなことはない。だが、文学者として能の文学的なすばらしさに特に感心することは事実である。謡の稽古をしたことがあり、能とは違うが、狂言師として同じ能舞台に出たこともある。要するに、能にはさまざまの要素があり、本人の性格または才能によってそのどちらかに惹かれることは当然であろう。

しかし、私のような大学教授が謡の稽古をすることを理解できない日本人がいるようである。日本人の英文学者が英米に留学する場合、シェイクスピアの戯曲を暗記したり、舞台に出ることはまずないし、ミュージカルに出ることもない。外国人の日本文学者が何故あのような余計な勉強をして時間をつぶすのか、疑問を抱き、不思議がる日本人がいても無理もない。

日本の数々の伝統芸術の共通の特徴は、素人を参加させることだといってもよかろう。オペラを観て感激する人は少なくないが、自分自身がオペラを歌ったり、声楽を習ったりする人は稀にしかいない。オペラを一生懸命に習っても、声の素質がよくなければどうにもならない。能の場合、老若男女を問わず、誰でも一応謡をこなせる。そればかりではない。名人の中にも実にひどい声の能楽師がいるが、声の本来の美しさよりも表現の細かさや定義しにくい〝位《くらい》〟によって高く評価される。仕舞の場合も似たり寄ったりである。バレエの踊り子は七、八年の苦しい練習をしても必ず上手になるとは言えないが、素人でも半年ぐらいの稽古をすれば、『羽衣』の仕舞でも一応さまになる。

言うまでもなく、素人の謡や仕舞は本物の能楽師のそれとは同日の談ではないが、俳句や短歌を楽しむ素人と同様、自分の中に潜んでいる芸術に対する憧れのはけ口として謡や仕舞を楽しむようである。終戦後、俳句を〝第二芸術〟として軽蔑する傾向があり、俳句を作ることを諦めた人がかなりいたが、現在は第一芸術か第二芸術かということは問題にならず、俳句の人口は増える一方である。

日本語または外国語で俳句や短歌を詠んだ外国人は百年ほど前からいた。俳句の五、七、五を守るか、季語や切れ字をどうするかと日本人が外国人の俳句についてよく聞くが、これはどうでもいいことではないかと思う。つまり、誰でも一応使える詩型であるから、ソネット等の西洋の詩型をこなせない人でも俳句を作れる。第二芸術ほどありがたいものはない。

モースやフェノロサが謡の稽古を始めた理由はよくわからないが、オペラを歌えず、流行歌のつまらない歌詞や旋律に飽き足らなかったので、外国人でも歌える偉大な謡曲に惹かれたのではないかと思う。その上、日本文化を正しく理解しようと思えば、何かの形でそれに参加しなければならないと思っただろう。

私が狂言の稽古を始めたのはこのような理由であったが、華道、茶の湯、尺八、落語、書道等の日本の伝統芸術を習っている外国人には似た心境があるだろう。華道の名人になるのは無理だろうが、日本人のお華の先生から覚えた知識を活用したら、花を花瓶に突っ込む西洋風の〝花道〟より遥かに美しい効果を収めることは不

狂言「千鳥」で太郎冠者を演じる（1956年９月、東京・喜多能楽堂）
提供：朝日新聞社

可能ではない。そして華道（または弓道や香道等）という特定の伝統芸術は、日本文化全般をよりよく理解する一つの方法であることは確かである。

能に夢中になる外国人は案外多い。昭和三十二年（一九五七）のペンクラブ大会の時、外国人の代表たちに『船辨慶《ふなべんけい》』を見せたが、終わってから日本人の新聞記者たちがたかって、「退屈したでしょう」という調子の質問を外国人に投げかけた。「いいえ、感激しました」と言う代表は何人もいたが、記者たちは彼らの発言を信じなかったらしい。外国人にわかる筈がないという先入観があったからである。確かに、退屈する人もいただろうが、一生の思い出として忘れない代表もかなりいただろう。

二十年ほど前に、知人の能楽師の依頼を引き受け、私は一時興行師になり、能の一行をアメリカへ招待して三十六回ほどアメリカとメキシコで上演して貰ったことがある。多くの場合、大学の講堂で行われたが、南部の山に囲まれた小さい大学でも好評であり、日本のことをほとんど知らない学生でも熱心に観劇してくれた。私は能楽師たちに〝外国人向け〟という考えを完全に捨て、日本で上演する時と全く同じようにやって貰いたいとお願いしたが、その通りにやってくれたのである。上演した曲には『通小町《かよいこまち》』『井筒《いづつ》』『隅田川《すみだがわ》』『清経《きよつね》』などがあったが、渡米の直前に、ある能評論家が『清経』は難しすぎるのではないかと言い、それに同調する専門家もいた。が、私が見た限り、五、六曲の中でアメリカ人に一番深い印象を与えたのは『清経』であった。コロンビア大学での上演の時、『清経』を観てからアラブ語の教授が話しかけてきたが、戦時中、オランダ軍人としてジャワで日本の捕虜になり、いろいろいじめられたので、日本によいものがあると思えなかったそうである。ところが、『清経』を観てから日本のすばらしい文化を否定できなくなったと語ってくれた。彼の言葉を聞いた私の喜びがどんなに大きかったかは、読者のご想像にまかせたい。

この例が示すように、能は以前は日本だけの芸術であったが、今はそうではない。能が好きだと言う外国人を信じたほうがいいと思う。彼らの理解の程度、または伝統の解釈には問題があろうが、日本人がヴェルディやワグナーの歌劇を歌う今日、過去の文化は現在のすべての人の遺産であると同様、能もだんだん世界の能になりつつある。そして日本人の歌手の中でイタリアやドイツの〝本場の音〟を出す歌手よりも優れた芸術家が何人もいる。

将来は能を日本人よりも上手に演じる外国人が現れるかも知れない。これが実現したら、能の普遍性の何よりの証拠になるだろう。

歌舞伎芝居見物の楽しみ

［一九八五・一〇］

世界じゅうの演劇のなかで、歌舞伎《かぶき》ほど観る人の胸をときめかせるものも珍しい。劇場に入ると、季節の花々や木々の絵をあしらった凝った緞帳《どんちょう》や、主たる役者の紋をはじめ、様式化された模様の描き出された緞帳が目につく。観客のなかにはさまざまな色彩の着物姿の女性も多く、場内は華やかな雰囲気に包まれているのだが、緞帳はその雰囲気をますます盛り上げる。国立劇場では場内でものを食べることを、言葉遣いは丁寧ながら厳重に禁じている。しかし、他の劇場では人々は昔ながらに舞台を観ながら食事をしており、劇場は家庭の外の家庭という感じなのだ。毎年十二月になると、京都の南座では顔見世興行が行われるが、その折には、名家の令嬢たちが十一ヵ月待ちに待ってようやく歌舞伎を観に行くことを許されたという昔日の顔見世の雰囲気をいまだに味わうことができる。役者ばかりではなく、観客もまた、歌舞伎独特の華やいだ雰囲気を作り出すことに一役買っているのだ。

舞台が宮廷であれ、戦《いくさ》の野営であれ、あるいは二世紀昔の店であれ、舞台装置の華麗さは圧倒的であり、世界の他の国々の現代劇の簡素な舞台装置に慣れている人にとっては特にそう感じられる。そして、衣装の豪華さは息をのむばかりだ。芝居の雰囲気を盛り上げる伴奏音楽は、普通は客席から見えないところに控えた囃子方《はやしかた》によって演奏される。もっとも、演《だ》し物によっては、そろいの着物を着た囃子方が、広い舞台の奥に端から端までずらりと並ぶこともある。

演技は大袈裟《おおげさ》なものである。笑いは勝ち誇った笑いにせよ侮蔑の笑いにせよ、轟《とどろ》くばかりの大笑いだし、涙を流す場面では身も世もなく泣き崩れるということになる場合が多い。よく知られた『暫《しばらく》』という芝居では、大きな袖の衣装を身につけ、普通の刀の少なくとも二倍はあろうかと思われる大太刀を手にした主人公が、「暫く！」と叫ぶ。すると舞台いっぱいの悪役たちが恐怖に震え上がる。主人公はなおも意味のよくわからぬ怒りの言葉を叫び続ける。多くの芝居では、主人公は、武装した十人以上の男たちに取り巻かれても、素手でそれらの悪者どもを成敗してしまうのである。

女形の性格もはっきりと特徴づけられている。『助六《すけろく》』に出てくる揚巻《あげまき》のような位の高い吉原の大夫《たゆう》であろうと、夫の帰りを待ちわびる不幸な人妻の場合であろうと、女形の特質は変わらない。歌舞伎にあっては、今日でも女性の役を男の役者が演じるわけだが、その理由は、男性が女性の役を演じれば、他の役者が主人公に付与している誇張性や様式性と同様のものを、女性の役に与えることができるからである（徳川時代には、女性が歌舞伎の舞台に登場することは禁じられていた。しかし、今日では別に禁じられているわけではない）。

私が初めて観た歌舞伎は、昭和二十八年（一九五三）、京都で行われた顔見世興行である。それ以来、私は一貫して歌舞伎のファンである。日本に来る以前にも、私は歌舞伎の脚本をいくつか読んでいた。しかし、能の台本を読んだときのように、歌舞伎の脚本に感動することはなかった。歌舞伎は本来、偉大な役者の芸を見るものなのだということがわかったのは、実際の舞台を観てからのことだ。能の場合だったら、ある役者の特定の才能に適合するように、台本に手入れをするなどということは考えられない。しかし、歌舞伎の場合には、そういうことがしばしば行われてきたのである。人々は通常、ある特定の作者の作品が好きだから歌舞伎を観に行くのではなく（脚本の作者の名前がプログラムに載っていないことも多い）、贔屓《ひいき》の役者の演技が見たいのであり、役者が脚本に多少手を加えようと、そんなことには頓着《とんちゃく》しないのだ。近松門左衛門《ちかまつもんざえもん》は、歌舞伎役者たちが自分の脚本に勝手に手を加えるのが気に入らなくて、歌舞伎の脚本を書かなくなったと伝えられている。

私はこれまでに多くの偉大な歌舞伎役者たちの舞台を観てきた。いつの時代でも、今の役者たちより昔の役者たちのほうが優れていた、と言う人がいるものだ。しかし、これは、過去を美化しようとする一般的傾向の一例にすぎないだろうと思う。四十年前、五十年前の役者の舞台を記録した映画を観たことがあるが、確かにすばらしいもので、当時は大変な役者がいたことを認めざるをえない。しかし、過去三十年ほどにわたって歌舞伎役者たちの演技を観ることができたのは極めて幸運だったという私の確信は、少しもぐらつくものではない。

私がこれまでに接してきた歌舞伎の名舞台を挙げるとなったら、まず第一に、四国は琴平《ことひら》の金丸座《かなまるざ》で最近観た歌舞伎を挙げたいと思う。中村吉右衛門《なかむらきちえもん》をはじめとする役者陣もすばらしかったが、この公演が気に入ったのはそのためだけではない。劇場の雰囲気が他とははっきり異なっていて、生まれて初めて理想的な条件のもとで歌舞伎を観ることができた、と思ったからである。金丸座は琴平の住人だけではなく、金毘羅《こんぴら》様に参詣に来る大勢の人たちにも歌舞伎を観てもらうために、百五十年前に建てられたものである。この劇場のたどった運命は、特に戦後においては惨めなもので、映画館として使われたことさえあった。当時の写真を見ると、金丸座は全く惨憺《さんたん》たる状態である。一九五〇年代後半に入ってから、日本最古の歌舞伎の劇場を救おうという気運が高まり、ついに政府が金丸座の修復費を出すことを決定した。町の中にあった金丸座は、そこからほど遠くない山麓に移された。古い建物の修復には極めて多額の費用と四年の年月がかかった。

私が初めて金丸座を訪れたのは一九七六年、修復工事が完了した直後のことだ。白い壁、急勾配《こうばい》の屋根、屋根の下で入り口のすぐ上のところに設けられた小さな櫓《やぐら》が大変に印象的だった。櫓は、この劇場が大歌舞伎の上演を許されていることを物語るものである。軒の下には、有名な役者たちの名前と紋を描いた招看板《まねき》が掲げられている。木戸《きど》(劇場の入り口)はとても低くて、体を二つに折らなければならないほどだった。木戸が低いのは、切符を持たない人が劇場に潜り込むのを防ぐためであったらしい。劇場の内部は息をのむばかりで、私がこれまでに訪れた劇場のうちで最も美しいものだと断言できる。一階は枡席《ますせき》になっており、枡席と枡席は幅二十センチ、高さ五十センチほどの仕切りで区切られている。劇場の後方から舞台へ、客席を横切って二つの花道が通じていた。左右両脇の客席は一階も二階も桟敷席《さじきせき》で、劇場後方の客席の上にも桟敷席が設けられている。金丸座は昔の浮世絵に描かれた劇場そのままなのだ。私が初めて訪れたとき、浮世絵の劇場と異なっていたのは、舞台に役者がおらず、枡席に観客がいなかった点だけだ。

金丸座を訪れた後で私はある雑誌のために記事を執筆し、その中で、重要文化財を護るために消防署が楽屋における喫煙さえ禁じているのだから、ここの舞台で歌舞伎が演じられることはないだろうと書いた。役者たちがそんな規制に従うことはあるまいと思ったのだ。しかし、幸いなことに、私の予想はみごとに外れたのだ。一九八五年六月下旬に行われた公演には、全国から歌舞伎ファンが詰めかけた。運よく切符を手に入れることができたので、梅雨の時期であったにもかかわらず、私は四国へ出かけていった。木戸口で切符を渡すと、「通り札」と書かれた木札を手渡された。歌舞伎の切符は本来こういうものだったのだ。私は体をかがめるようにして低い木戸をくぐり、絣《かすり》の着物を着た案内係（お茶子《ちゃこ》）に導かれて枡席へ向かった。仕切りの板の上を用心深く歩いて自分の枡に着くと、そこには赤い座布団が五枚敷かれていた。

場内は九年前に訪れた際よりもさらに楽しそうに見えた。桟敷席には桜の花や柳の葉の造花が飾られ、開演が間近いことを告げる太鼓が打ち鳴らされると、観客がますます期待に胸をはずませているのがわかった。間もなく幕が引き開けられると、舞台は清水寺《きよみずでら》だった。舞台いっぱいに装置が設《しつら》えられている。東京の歌舞伎座などでは、役者は舞台の一部を使って演技をするにすぎないのだ。花道の後方の幕がさらさらと音を立てて引かれ、一人の役者が姿を現した。役者の背丈がとても高く見えたので、最初はびっくりしたが、私自身が椅子ではなくて畳に座っているせいであることがわかった。舞台の役者にせよ花道の役者にせよ、非常に間近に見える。ひとつには劇場が小さいため（定員六百人）でもあるが、またひとつには、最前列の枡席が舞台にじかに接していて、観客と役者を隔てる空間がないためでもある。

役者に近いために、私には表情の変化や、口の動きさえもが、手にとるようによくわかった。歌舞伎座などだと、観客の立てる物音や舞台裏の金槌《かなづち》の音、あるいは下座《げざ》音楽のために、役者の声がよく聞こえないことがあるが、金丸座ではすべての科白《せりふ》をはっきりと聞き取ることができた。興行収入を上げるため大劇場が建てられるようになる以前の時代の歌舞伎を観ているのだ、という気持ちになった。

実を言うと枡席に一、二時間座っていると足が痛くなって困ったのだが、ときどき座り方を変えると足の痛みもそれほどでなくなることがわかった。しかし、足の痛みなど、金丸座の舞台を観るという貴重な体験の代償としては、何ほどのものでもない。

芝居の終わり近くに、気味の悪い夜の場景があった。それまで、光線は両側の桟敷の上に設けられた窓から主として採り入れられていたのだが、突然、その窓に大きな音とともに蔀戸《しとみど》が降ろされ、場内は真っ暗になった。幽霊が花道を、次いで枡

四国こんぴら大芝居上演中の金丸座（1986年４月）　提供：朝日新聞社

席の仕切りの上を、さまようように歩きまわる。最後に舞台の柳の木の下に現れた幽霊を黒子の掲げるろうそくがぼんやりと照らし出す。その光景は恐ろしくもありコミカルでもあった。タイムトンネルをくぐって、昔のままの歌舞伎を観ているのだと考えたら、とても楽しくなった。そして自分自身が、この劇場がまだ新しいものであった百五十年前の日本人になったような錯覚を覚えたものである。

浮世絵の魅力

日本の美術のなかでは、浮世絵《うきよえ》が最も広く外国に知られている。これは過去百年以上にわたって浮世絵を集めてきた、欧米諸国だけに関して言えることではない。数年前、私はインド南部のある美術館を訪れたことがあった。その美術館には日本の美術に一室があてられていたが、日本美術といっても、陳列されているのは二流の浮世絵ばかりだった。そのうえ、直射日光に晒《さら》されているので、退色が甚だしく、もとはどんな色彩だったのかわからないほどであった。「日本にはもっと優れた作品がいくらもあるのに」と思いながらそれらの浮世絵を眺めていると、二人の若いインド人が入って来て、熱心に鑑賞し始めた。二人の言葉はわからなかったが、彼らがその色褪《あ》せた二流の浮世絵に興味を覚えていることは明らかだった。おそらく二人は画家であり、これまで多くの欧米の画家たちに影響を与えてきた浮世絵というものに、そのとき初めて接したのだろうと思われた。

［一九八五・七］

ヨーロッパの人々が浮世絵を知るようになった経緯《いきさつ》に関してはいろいろな説がある。パリで開かれた万国博覧会（一八六七年）に日本の美術品が送られた際に、浮世絵がそれらの作品の包装に用いられていたのだという話を読んだこともあるが、私は信じない。なぜなら、まず第一に浮世絵はパリ万国博よりずっと以前にヨーロッパの人々に知られていたからである。それより五十年も前に、長崎に住んでいたオランダ人が何点かの浮世絵を故国に持ち帰り、それがヨーロッパで注目を集めたという事実があるのだ。一八六五年には、あるフランスの画家がパリの本屋で何冊かの北斎《ほくさい》漫画を見つけ、その直後から、自分の作品に日本の技法を採り入れるようになったという事実もある。

浮世絵が包装紙として用いられたという説を私が信じないもう一つの理由は、確かに広重《ひろしげ》や北斎の版画は高価なものではなかったものの、日本人自身がそれらを価値のないものとは考えていなかったからだ。パリに送り出す美術品を梱包《こんぽう》した人たちは、もっと安くて使いやすい包装紙を使用したに違いない。

しかし一方で、日本の美術関係者たちが、浮世絵を論ずる際にしばしば浮世絵を過小評価し、軽蔑するような態度を示してきたことも事実である。たとえば、今から二十五年ほど前に、偉大な美術史家であった故矢代幸雄《やしろゆきお》が『日本美術二千年』という英文の本を上梓《じょうし》したことがあるのだが、その本には百七十点のイラストが使用されているにもかかわらず、浮世絵はただの一点も採り上げられていないのである。矢代幸雄はその本の序文の中で、欧米の人々の注目を最初に惹《ひ》いたのが浮世絵であったのは遺憾にたえない、と書いている。彼はさらにこうも書いているのだ。「欧米では浮世絵が根強い人気を保っているが、浮世絵は日本美術の異端とも言うべきものであり、浮世絵ばかりに固執することは、その背後にある、長い歴史をもつ日本美術の姿を見誤ることになるだろう」と。確かに矢代の言うとおりで、浮世絵だけが日本美術だと考えている欧米人がいるとしたら、その人はとんでもない誤解をしていることになる。しかし、私には、縄文時代から明治時代までの日本美術を論じた本に、一点の浮世絵も採り入れないという態度も、甚だしく偏頗《へんぱ》なものに思われるのである。

浮世絵は日本美術の最大の成果とは言えない。奈良の諸寺にある壮麗な彫刻や、「源氏物語絵巻《げんじものがたりえまき》」や、雪舟《せっしゅう》および宗達《そうたつ》の作品はまことに圧倒的な名作であり、それらに比べると、春信《はるのぶ》や歌麿《うたまろ》の作品は〝軽量級〟という印象を与える。しかし、普遍性という観点から見た場合には——つまり、世界各国の人々にアピールする力とか、他の国々の画家に対する影響力という観点から見れば——日本美術のなかでは浮世絵が断然優れているのだ。

パリの近代美術館では、マネ、ルノワール、ゴッホ、モネ、ドガ、ゴーギャン、ロートレックその他の、十九世紀後半の巨匠たちにそれぞれ一室があてられている。そしてどの部屋にも中央に陳列ケースがあって、その画家のアトリエにあったものが展示されているのだが、どの陳列ケースにも決まって浮世絵が飾られているのだ。それらの浮世絵は単なるアトリエの飾りではなく、画家たちにとってインスピレーションの源泉だったのである。

アメリカの画家ホイッスラーは、人物の配置の仕方に関して、浮世絵の大胆な手法を採り入れた最初の一人である。彼が初めて浮世絵に接したのは、一八六〇年ごろ、場所はロンドンの中国茶館であったと言われている。彼は広重の京橋や江戸橋の描き方に大いに触発され、同様の手法でロンドンの諸橋を描いた。傑作と称される「旧バターシー橋」（一八七二年ごろの作品）も、浮世絵の影響がなければ生まれることがなかったのだ。

浮世絵そのものがフランスの絵画に描かれたことも多い。よく知られている例として、一八六八年にマネが描いたエミール・ゾラの肖像を挙げることができる。ゾラは小説家として高名だったばかりではなく、優れた美術批評家としてもよく知られており、マネがその過度の日本趣味を批判されたときには、敢然と弁護論を展開した。彼はこう書いている。「われわれが陰鬱《いんうつ》で暗い伝統から解き放たれ、自然の輝かしい美しさに目覚めるためには、ぜひとも日本美術の影響が必要だったのだ」。ゾラはさらに、手法が極めて簡単であるにもかかわらず、浮世絵が大変に力強い印象を与える点も称揚している。マネの筆になる肖像画では、ゾラは書斎にすわっている。書斎の壁には三枚の絵が掲げられている。一枚はマネ自身の描いた「オランピア」であり、もう一枚はゴヤのエッチングだが、ひときわ目を引くのは力士を描いた国明《くにあき》（二代）の浮世絵である。ゾラの背後には日本の屛風の一部が描かれている。しかし日本美術の影響はそれらの細部に表れているだけではない。肖像画の構成そのものが、浮世絵そのものと同じように平面的なのだ。つまり、西欧の絵画が、遠近法や明暗法を駆使することによって伝統的に追究してきた奥行きというものが、この肖像画にはないのである。

十年ほど前に、ニューヨークのメトロポリタン美術館で、浮世絵と、その浮世絵が直接的な影響を与えたヨーロッパの絵画とを並べて展示するという面白い試みをしたことがあった。たとえば、いろいろな動作をしている何匹もの猫を描いた国芳《くによし》の浮世絵と、マネのリトグラフとが並べられていた。北斎漫画の中の猫たちが、マネの描いたさまざまな猫のエッチングに影響を与えていることもわかった。カラスを描くのにも、日本の作品が手本とされている。マネの作品にカラスの頭部をインクで描いたものがあるが、その手法は日本的であり、そのうえ、漢字まで書き添えられている。マネはそれらの漢字を日本の浮世絵から苦労して模写したに違いないが、意味がわかっていたわけではない。

ヴァン・ゴッホもまた、漢字に魅せられていた一人である。広重の浮世絵を二点描き込んだ油彩の作品があるが、その浮世絵にはもともとはなかった漢字の添え書きまであるのだ。ゴッホは弟にあてた手紙で「ある意味では、私のすべての作品は日本美術の上に成り立っているとも言えるのです」と書いているほどだ。典型的なゴッホの風景画や人物画は、一見したところでは、浮世絵には似ていない。しかし、自然主義的な錯覚（作品を鑑賞する人々に、実物そのものを見ているのだと錯覚させること）を与えることを拒絶する態度や、奥行きの乏しい画面に華やかな色彩を使ったりする手法は、おそらく浮世絵から学んだものなのである。ゴッホの筆になる肖像画の何点かでは、背景に浮世絵が描き込まれているし、海の波にせよ、南フランスの農場の木立にせよ、彼の自然の描き方にはしばしば浮世絵の影響を認めることができる。インスピレーションを与えるような日本の絵が手もとにない場合でも、日本は彼に影響を与え続けた。南フランスから妹にあてた手紙には、こう書かれている。「ここにいれば、日本の絵は必要ではありません。なぜなら、私はいつも、今自分は日本にいるのだと言い聞かせているからです」。〝日本にいるような錯覚を覚えた〟というアルルの町から弟にあてた手紙には、次のような一節もある。「君もここでしばらく過ごせればいいのに、と思います。しばらくここにいれば、ものの見方が変わってくるでしょう。ものをより日本的な目で見ることができるようになり、色彩に対する感受性にも変化が生ずるのです」

浮世絵が最大の影響を与えたのは、おそらく人物の描き方においてであろうと考えられる。北斎漫画の豊かな人物像に接したヨーロッパの画家たちは、それまでの伝統だった、ポーズをとった硬直した人物像と訣別《けつべつ》するようになった。ドガは体をくねらせた踊り子や浴槽で湯浴みする女たちを描いているが、これも北斎漫画の影響であろうと思われる。メアリー・カサットはその生涯のほとんどをフランスで過ごしたアメリカ人女性だが、一八九〇年に催された浮世絵展に大いに感動し、そのための歌麿や豊国《とよくに》の影響がはっきりと見てとれる一連のエッチングを制作した。たとえば、歌麿の浮世絵に小さな手拭いを口にくわえた花魁《おいらん》を描いたものがあるが、この浮世絵に触発されたカサットのエッチングでは、女性が封筒を口もとに近づけて舐《な》めているのである。歌麿にはまた、大きな桶《おけ》で赤ん坊にお湯をつかわせている女を描いた浮世絵があるが、カサットもその浮世絵に実によく似た作品を制作している。もちろん、人物の顔や着ているものは歌麿とは違うが、線やポーズの自然さは浮世絵から学んだものである。

十九世紀後半の巨匠たちに浮世絵が及ぼした多大な影響については、このほかにもいくつもの例を挙げることができる。浮世絵がこれほどの影響力をもったという事実には、ある程度まで、偶然も作用しているのかもしれない。つまり、写真が発達したために、ヨーロッパの画家たちにとって、できるだけ忠実に自然を写すという昔からの野望はそれほどの意味をもつものではなくなっていたのだ。自然を忠実に写すということになれば、写真のほうがはるかに正確だからだ。そのため画家たちは純粋に芸術的な美しさを追究することができるようになり、浮世絵に一つの模範を見いだしたのである。ヨーロッパの画家たちに影響を与えたのは、浮世絵ばかりではない。着物の模様や華やかな色彩も彼らを大いに興奮させた。彼らはヨーロッパの家々の重苦しさや身につけるものの単調さにうんざりしていたのだ。

北斎漫画に描かれた人々の動作は、ときに粗野なこともあったが、常に極めて人間的だった。歌舞伎役者、花魁、漁夫等々、北斎の描く人々はヨーロッパでは馴染《なじ》みのない人々だったが、そこには紛《まご》う方なき普遍的人間性が表現されていた。十九世紀後半の日本の画家たちは、ヨーロッパの油彩に接したときに、伝統的な日本美術では表現できないような深さで、身の周りの事物が描かれていることを知って驚いた。しかし、浮世絵に注目したヨーロッパの画家たちは、深さを求めていたわけではなかった。彼らが追究していたのは、動きのある人体を捉えることであり、明るい色彩の面を組み合わせることであり、一つの部屋にいる何人もの人々の輪郭が織りなすパターンを描くことだった。ロートレックの作品は彼が知りつくしたパリの人間模様を描いたものだが、浮世絵にとてもよく似ており、人物たちの異様な表情はときに写楽《しゃらく》の作品を彷彿させる。

浮世絵は名僧その他の歴史上の重要人物を描いたものではなく、同時代の人々を美しく描いたものである。師宣《もろのぶ》や歌麿の描いた花魁たちはこのうえなく優美であり、ときには威厳をさえ感じさせる。彼女たちが実際にも描かれたとおりだったとは考えにくいが、しかし、浮世絵師たちはリアリズムを追究したわけではない。浮世絵は庶民の芸術なのだ。しかし、色彩や線の美しさは世界のどこの国の名作にも匹敵するものであり、他国の芸術に与えた影響は計り知れないほどなのである。

日清戦争の錦絵

［一九八四・一二］

私は版画が安かった時代、一枚も買わなかった。昭和二十八年（一九五三）から三十年まで京都に留学していた頃、日本文学と関係のある古本を二千冊ほど買ったが、美術品等に眼を向けなかった。多分、学者に縁のないものだと判断したためだと思うが、今となっては自分の錯覚を後悔している。古本も大事なものであるが、書斎にも絵が掛かっていたら眼の保養になる。

ところが、昭和四十年頃に、版画を初めて買うようになったが、清長《きよなが》や春信や歌麿のような美しいものは極めて高くなり、私の手の届かないものになってしまっていた。たまたま本郷の古本屋の奥に明治時代の風俗を描いた錦絵《にしきえ》を見付け、これは面白いと思って五十枚ほど買った。無論、浮世絵の傑作または現代の名人の版画にあるような美は何処にもなく、西南戦争などを描写した錦絵の色彩は毒々しい化学染料であって、江戸時代のすばらしい色彩感覚と縁遠いものである。

しかし、錦絵のどぎつい色にも一種の魅力が感じられる。明治初期の洋館にも認められる愛すべき拙《つたな》さや、無邪気な少し子供っぽい幻想に富んでいる。西洋風の髪型で、ローブ・モンタントを着て、日傘をさしている日本婦人は春信が描いた美人に及ばないかも知れないが、捨てがたいものを持っている。若い明治天皇《めいじてんのう》は美男子であり、花火大会や競馬や小学校の運動会を視察されている場面も面白い。

明治の錦絵の趣味を覚えた頃、日本の近代化に関する国際会議に招待され、以前から関心を持っていた日清戦争《にっしんせんそう》と日本文化の発展について発表することになった。神田の古本屋で日清戦争を描いた三枚続きの錦絵等を数百枚買ったのだが、その時まで掘り出しものを買ったことがない私が、なんと全部で六万円（という記憶だが）で買った。戦争絵に人気がなかったことは言うまでもないが、描かれている場面を忘れて、清親《きよちか》や月耕《げっこう》や年英《としひで》がどのように人物や風景を描いたかということを客観的に見てみると、優れた絵がかなりあることがわかる。

日清戦争は一年も続かなかったが、その間に三千種類の錦絵が発行された。版画家たちは競って見たこともない戦場や英雄を写実的に描き続けた。教養のあまりない買い手の目を引くために血なまぐさい戦闘を描く画家も多かったが、最も上手な版画家はすでに化学染料の時代を通過して、むしろ落ちついた色彩――灰色、黄土色、くすんだ赤――を使い、合戦よりも兵隊の孤独や悪天候にさらされた兵士と軍馬を好んで描いていった。戦争の栄光よりも戦争の悲哀がこれらの版画に現れている。

日清戦争の版画には、もう一つの意義がある。三百年にわたった大衆版画の伝統は、この戦争を描いた三千枚の錦絵で終わった。確かに、義和団《ぎわだん》事件や日露《にちろ》戦争《せんそう》の間も、錦絵が発行されたが、日清戦争と比較すると、数が少なく、売れ行きも悪かったようである。錦絵よりも石版画または写真に人気があり、木版画が復活した時点で、もう大衆的なものではなく、美術作品になっていた。

一九八三年の春、フィラデルフィア美術館で日清戦争を描いた版画の展覧会が催された。或いは西洋で無視されてきたこれらの版画を見直す時機が来ていたのかも知れない。絶対的な芸術価値から言うと、日清戦争の版画は師宣《もろのぶ》を始めとする偉大な浮世絵師の傑作に比べたら明らかに劣っている。私も日清戦争の版画の値段で春信の浮世絵を買う機会が与えられたら躊躇《ちゅうちょ》しないだろう。しかし、日本の近代文化に関心のある人なら日清戦争の版画があらゆる意味で新時代の経過を物語っていることがわかるだろう。

江戸の洋画家 司馬江漢

［一九八五・八］

ほとんどの日本人にとって、司馬江漢《しばこうかん》という人物はあまり馴染みがないようだ。一見したところ中国人の名前のようなので、日本人ではないと思う人さえいるかもしれない。本名は安藤吉次郎《あんどうきちじろう》というのだが、若いころ中国画を習い始めたときに、作品には中国風の名前を署名すべきだと考えて、名を改めたのである。江漢はその生涯を通じて基本的には画家であったが、同時に西洋科学の紹介者でもあった。とても面白い日記や随想集も何冊か上梓《じょうし》しているし、晩年には哲学者でもあったと言えるだろう。黄泉《よみ》の国から日本人を一人だけ招いて会話を楽しむことが許されるとしたら、私は司馬江漢を選びたいと思うことがしばしばある。

司馬江漢は一七四七年（延享四）に江戸で生まれた。先祖は紀州の出身であり、だから自分の号に川に関係のある二つの漢字を選んだのだろうと思われる。『春波楼筆記《しゅんぱろうひっき》』と題する回想録の中で、彼は子供のころから画才のあったことを語っている。それによると、五歳のときに自分の使っていた茶碗に描かれていた雀《すずめ》の絵を模写して、絵が上手だった伯父に見せたことがあるそうだ。九歳のときには達磨《だるま》を描いて、その伯父を大いに感心させている。しかし彼は、職業としては刀鍛冶《かじ》を選ぼうと考えていた。有名になりたいと切望していた江漢は、刀鍛冶になれば自分の作った刀が父から子へと伝えられるので、自分の名も後々まで伝わることになるだろうと思ったのである。しかし、考えてみると、日本は統治も行き届いていて平和だった。武士は依然として代々伝えられた刀を帯びていたものの、新しい刀の需要は期待できそうもなかった。そこで江漢は気持ちを変え、生来の才能を活かして画家になろうと考えたのである。

江漢が十四歳のときに、父親は彼を狩野《かのう》派のある画家に弟子入りさせた。その翌年には、江漢は中国風の写生体花鳥画の大家の弟子になった。同じころ、中国の古典文学も教わっている。司馬江漢という号を選んだのも、そのことと無関係ではないだろう。まもなく、非常に腕の冴《さ》えた絵かきだという評判が立ち、彼の作品を求める人が後を絶たないほどになった。江漢は描くのがとても速いことでも有名で、富裕な人々の間では、彼を招いて素描を描かせることが流行したほどである。あるときなど、江漢は仙台の大名の前で十二時間にわたって休みなく描きつづけ、中国画のみならず日本画でも卓越した力量の持ち主であることを実証してみせた。前途はまさに洋々たるものだった。

狩野派の画家として名を知られ始めたころ、江漢は突如として鈴木春信ばりの浮世絵を描くようになった。初めのころなど、自分の作品に春信と署名したほどだ。後に自分の浮世絵に自信を持つと、春重《はるしげ》と署名するようになった。つまり、春信の直弟子であるかのように見せかけたわけである。江漢は春信と同様、甘く繊細な顔を描くのが得意で、人物の目鼻立ちばかりでなくポーズまで、春信の作品から〝借用〟することもあった。しかし、しだいに春信の画風から離れ、西洋絵画に倣《なら》って遠近法を取り入れるようになった。遠近法に関しては、そもそも日本の絵かきから学んだものと思われるが、一七八〇年ごろ、西洋の画法を解説したオランダの本を手に入れて、その挿絵を熱心に研究している（まだオランダ語は読めなかった）。

江漢は何よりも銅版画に興味を覚え、彼自身の言葉によれば、一七八三年に日本初の銅版画を制作したという。それは江戸の三囲《みめぐり》神社の近くの土手から隅田川を見渡した風景を銅版に彫ったもので、西洋の作品を模写したものではないのに、どこかオランダの風景画に似ている。しかし、遠近法はまだぎこちなく、隅田川中央部が異様に膨らんでいて、巨大なメロンのようだ。翌年制作された不忍池《しのばずのいけ》はエッチングでもっと出来がよく、遠近法も確かで空間の感じがみごとに伝わってくる。

こうして西洋画法を試みた江漢は、日本にある西洋絵画をぜひとも自分の目で見てみたいという衝動に駆り立てられる。そして一七八八年、江戸から長崎までの長途の旅に発《た》つ。長崎の出島《でじま》の商館には何人かのオランダ人が駐留しており、日本人の絵かきたちが西洋画を描いていると言われていたのだ。江漢は三年間長崎にとどまる予定だったが、実際には一年間江戸を離れただけだった。長崎で西洋画を描いている連中からは何も学ぶべきものはないと判断したためらしい。

この旅行のおりの日記『江漢西遊日記《こうかんさいゆうにっき》』は一八一五年（文化十二）になって上梓されたものだが、非常に生彩に富んでいて面白い読み物である。当時、旅行は非常な困難を伴ったが、江漢には彼の作品を称賛する人々からの紹介状があった。長崎へ赴く際には、歓待してくれた人々のために絵を描いたり、世界地理について話をしたりしている。彼はまた、拡大鏡やエッチングや覗眼鏡《のぞきめがね》を携えていて、行く先々で人々に見せている。彼はどこへ行こうとも、人々が自分のことを当然知っているものと決めこんでいた。彼自身、「何方《いずかた》へ行きても、吾ガ名ヲ不レ知《しらざる》者鮮《すくな》し」と書いているほどだ。江漢のことを多少は知っていた人々も、彼がいろいろと不思議なことができるのにはびっくりした。ある男はガラスに油絵を描いてみてほしい、と注文した。江漢が注文どおりに描くと、男はすっかり感心し、江漢の言葉によれば「吾を信ずる事神如《かみのごとし》」であったという。

長崎に着いた江漢は、その地にあって西洋画の技法を習得したといわれていた日本人の絵かきたちが、実際には大した腕でもないことに気づいた。そのうちの一人のことを、江漢は「一向の下手」だと評している。それらの絵かきたちから学ぶべきものは何一つなかったのだ。長崎旅行で最も印象的なのは、出島を訪れる件《くだり》である。当初、江漢のことを幕府の隠密ではないかと疑った長崎奉行は、出島に立ち入ることを許さなかった。そこで江漢は、商人に変装して許しを得たのである。その前年の一七八七年に、江漢は江戸でオランダ人の外科医に会い、長崎に彼を訪ねると約束していた。外科医は江漢を見かけると、彼をそばに呼んで、オランダ語で話し始めた。江漢は「路々何やら話すに一向に不通」と書いている。わかったのは「テイケネン」という言葉だけ。これは、「描く」という意味であり、オランダ人医師は前の年に所望した江戸丸の内の見付の絵のことを言っているのだろう、と江漢は推測した。医師はまたオランダ語で「ミネール・コム・カーモル」と言った。今度は江漢にもわかった。「私の部屋へ来てください」と言っているのだ。江漢は医師に従った。日本人たちは江漢がオランダ人と話を交わし、彼の後について二階へ上がっていくのを見てびっくりした。西洋人の部屋を初めて目にした江漢は、大いに幻滅を感じたようだ。彼はこう記している。「二階へ土足ニて登リ、キタナキタ、ミをしきて、皆立《たち》て座す事な」く、出された飲み物の感想はこうだ。「何やら濁《どぶ》ろくの様なる酒にて……」

江漢は次に蘭館長《カピタン》の部屋へと連れられていった。彼の日記にはその部屋のスケッチも添えられている。天井からはビイドロづくりの瑠璃《るり》灯が吊るされている。壁には帆船や風景や肖像を描いた、四角い絵や楕円形の絵が飾られている。一方の壁に沿って椅子がずらりと並んでおり、椅子と椅子の間には大きな銀製の痰壺《たんつぼ》が置かれている。部屋の反対側にはテーブルが配されており、その上には酒の入った壺がいくつかとワイングラスが二つ載っている。その部屋と次の部屋の間は障子で仕切られている。和洋折衷のはしりである。オウムと思われる白い鳥が部屋の中を飛んでいた。一人のオランダ人がその鳥を捕らえ、自分の頬に押しつけたかと思うと、鳥の頭部を自分の口の中に入れる。そのとき蘭館長が入ってきて、簡素で素朴な日本の部屋と比較しつつ、自分の部屋の華麗さを自慢する。江漢は「是ハ目を驚かしたる事」と答えたものの、本当のところはそれほど感心したわけでもなかった。

長崎から江戸へ帰る途次、江漢は生月島《いきつきしま》に立ち寄り、鯨《くじら》捕りに参加している。日記にはその様子も実に生き生きと描写されている。帰途の日記に描かれていることで、忘れがたいものがもう一つある。それは備中《びっちゅう》で鹿狩りに誘われたときのことだ。一頭の鹿が弾に当たって倒れた。それを見た江漢は飛び出していって鹿の一方の耳を切り取り、血を飲んだのである。一緒にいた人々が驚いたことは言うまでもない。江漢は「鹿の生血は生を養フ良薬と聞きければなり」と説明した。しかし、彼は後になって、同行した人々が「あれは江戸の江漢と云フ者なり。鹿の耳元を裂て血を吸ヒけり。おそろしき者なり」と噂《うわさ》しているのを耳にした。

江戸に戻った江漢は油彩を描くことに没頭するようになった。西洋画に関する著書の一つの中で、江漢は「現実を捉えることができるのは西洋画だけだ」という意味のことを書いている。彼は日本画を〝児戯〟にも等しいものとして退け、西洋の画家たちが陰影法や色彩や遠近法を駆使することによって、みごとに現実感を出している点を力説した。絵というものは単に装飾として美しいだけでは不十分で、実用的な価値がなければいけない、というのが江漢の意見だった。自分の描く風景の〝魂〟を捉えようとした中国や日本の画家たちとは違って、江漢はリアリズムこそ最高の芸術と考えていたのである。

江漢は日本で手に入れることのできる何冊かのオランダの画術書を研究した。ときには自作の構図にオランダの本の挿絵を参考にすることもあったが、ときには細部により興味を覚えているらしく思えることもある。何点かの作品には、実際に見たこともないオランダの風景を描いている。彼の油彩のなかで最も出来がいいのは、鎌倉の七里ヶ浜や上総《かずさ》の勝浦など、日本の風景を描いたものである。それらの作品は技法の点では西洋に多くを負っている。しかし江漢の関心が、日本人が特に興味を抱く側面——波の描き出すパターン、浜辺の木立、遠景の山々など——に集中していることもまた事実なのである。

江漢は西洋科学の紹介者としても有名だった。一七九二年には世界地理に関する最初の著書を上梓している。天文学にはさらに興味があったようだ。早くも一七七八年にはコペルニクスの地動説を耳にし、爾来《じらい》、地動説の熱心な支持者になっている。謙譲の美徳などというものには無縁だった江漢は、日本の知識階級に地動説の正しいことを説いたのは自分であると言っている。江漢は世界地図もたくさん描いているが、とりわけ一七九三年に描かれた「地球全図」は驚くほど正確である。地理関係の著書の中では、ヨーロッパの諸都市を想像力豊かに描写している。それらの著書の一つには、エジプトのピラミッドやロードス島のコロッソスの挿絵（まるで、作られた当時のままの偉容を保っているかのような印象を与える）まで添えられている。

晩年の江漢は宗教や哲学の研究に多くの時間を費やした。彼は仏教嫌いで、人々に仏教の教典ではなく『論語《ろんご》』や『大学《だいがく》』を勉強するよう促した。彼は道教にも造詣《ぞうけい》が深く、その影響で隠遁《いんとん》することを思いたった。一八一三年、彼は自分が鎌倉で没したという通知を印刷して友人や知己に送っている。彼を訪れる人はいなくなったが、ほどなくして、江漢はまだ存命であり鎌倉に住んでいるという噂がひろまり、彼はひそかに熱海に居を移すこととなった。

最晩年にはイソップの寓話によく似た寓話を書き始めた。ときおり絵も描いたが、それは生活を支えるためであったらしい。そして、一八一八年（文政元）に江戸で亡くなった。彼の墓はもともとは他のところにあったのだが、後に染井墓地に移された。染井墓地は東京の私の住まいから近いので、私は思いたつと出かけて行っては、この極めて非凡な人物の墓にお参りしてくるのである。

Ⅳ

谷崎先生のこと

［一九八四・一〇］

はじめて谷崎潤一郎《たにざきじゅんいちろう》先生に会ったのは昭和二十八年の秋であった。京都のお宅でお会いしたが、その後、時々ご馳走に呼ばれ、翌々年の五月、日本を発《た》つことになった時、先生はなかなか日本に来ることがないだろうと思ってくださったためか、京都駅までわざわざ見送ってくださった。が、私は思いがけないことに、毎年のように日本に来るようになり、来るたびに一回か二回ぐらい先生にお目にかかることがあった。亡くなる前の年の夏、湯河原の新宅で再会したが、それが最後のお別れであった。

十余年にわたって谷崎先生は私に会ってくださった。客嫌いで有名だった先生はいつもにこやかに接待してくださったが、もちろん、友達というほどの付き合いではなかった。私たちの年が随分隔たっていたし、私にとってはご一緒に過ごした時間が大変ありがたかったが、どう考えてみても先生にとってはそれほど面白いとは言えない。人間谷崎潤一郎を書く場合、自分の眼で見た谷崎先生よりも、文学作品の中に現れている谷崎先生を書いたほうが適当ではないかと思うが、一応私の記憶に残っている谷崎先生を書いてみたい。

谷崎文学をはじめて読んだのは戦時中のことである。一九四三年に、アメリカの海軍日本語学校を卒業してからハワイに派遣され、合計二年ぐらい真珠湾やホノルルで日本軍が戦場で残した書類の翻訳や捕虜の尋問に従事した。〝学徒兵〟だった私は大学の世界を離れることがつらかったので、毎週ハワイ大学に通い、日本文学を勉強することにした。日本近代文学という講座に出て、生まれてはじめて日本の小説を原文で読んだが、中に谷崎先生の『痴人《ちじん》の愛《あい》』が入っていた。

ハワイ大学の教授がどうして谷崎文学の中で『痴人の愛』を選んだのかよくわからないが、谷崎文学の重要な一面である西洋崇拝（とその批判）をうまく伝えており、また学生たちがよく知っていたモームの『人間《にんげん》の絆《きずな》』に似ている面があるので、日本語を自由に読めない私たちも理解することができた。

二番目に読んだ谷崎先生の小説は『細雪《ささめゆき》』であった。終戦後、コロンビア大学へ戻った時は専《もっぱ》ら古典文学に没頭していたため、谷崎文学を全然読まなかったが、一九四八年に英国に渡ってケンブリッジ大学の講師になってから日本の近代・現代文学をもう一度読むようになった。一九五一年の春、英国人で日本文学の大家であるアーサー・ウエーリ先生から『細雪』のことを聞き、ぜひ読ませていただきたいと申し出たら、ウエーリ先生は快く三冊本をくださった。後で三百部限定版だったことがわかったが、谷崎先生は一冊ずつ筆で献辞を書いておられた。一冊目に「慧以礼伊様　著者」となっている。

『細雪』をいただいたすぐ後、ケンブリッジからイスタンブールに行く長い自動車旅行に出掛けたが、一日も早く『細雪』を読みたかったので、三冊本を持って旅に出た。休息で車が止まるごとに、ほこりっぽい道路わきの木の下で、何ページか少しずつ読んでいった。関西弁も知らず、知っているような人は近くにいなかったので、かなり苦労したが、読み終えた時、大変な傑作だということがわかった。

ということで、昭和二十八年の夏、英国を出発して日本へ向かった時、一番会いたかった日本人は谷崎潤一郎であった。しかし、同じ京都に住んでいても、誰かからの紹介がなければなかなか会えないだろうし、会えても何も話すこともないだろうと思っていたところ、私と同じ日本語学校を卒業し、海軍を除隊してから東京で日本文学を研究していたサイデンステッカー氏に久しぶりで会った。ちょうどその頃彼が訳していた『蓼喰《たでく》ふ虫《むし》』の英訳の原稿を谷崎先生の京都のお宅へ持って行く

左からH.ヒベット、サイデンステッカー、谷崎、キーン
（1964年、湯河原湘碧山房）　提供：中央公論新社

ように頼まれた。谷崎先生に会う何よりのきっかけになった。

下鴨にあった潺湲亭《せんかんてい》の門に谷崎先生の表札がなく、私の知らない人の名前が出ていたが、後で表札は谷崎夫人の妹さんの名前だということがわかった。玄関で案内を乞うと、応接間へ通された。初秋だったためか、床に台湾製の、木目の細かい茣《ご》蓙《ざ》が敷いてあり、残暑の厳しい京都だったが、家の中は涼しかった。部屋が美しい庭に面していて、池もあり、数分毎にしし、お、ど、しがうつろな音を立てていた。風流そのものの家であった。

待っている間、一種の不安を覚えた。『蓼喰ふ虫』の英訳の原稿をお渡ししてから早速帰ったほうがよいか、それとも谷崎文学のファンとして感想を少し述べたほうがよいか、と躊躇《ちゆうちよ》した。緊張を感じたことも事実である。

谷崎先生が現れた時、まず、自分の想像より背が低いことに多少驚いた。なるほど、明治時代の日本人は背が低かった。決して背が高くなかったのに、永井荷風は「長身」と呼ばれていた。が、「文豪」という場合、何となく大きい人だと思われるので、私は単純に驚いた。数年後（昭和三十二年）谷崎先生は私の本『碧《あお》い眼《め》の太郎《たろう》冠者《かじや》』の序文を書いてくださったが、私も背が低いことを「日本人に、君を親しみ易く感じさせる理由の一つである」と書かれた。

その日の私たちの会話は残念ながら完全に忘れてしまった。絶対忘れないだろうと思ったので、メモも取らなかったが、忘れてもいいようなことをよく覚えているのに、どうして大作家との最初の話を覚えていないのだろうか。記憶の中にあることは、谷崎先生が英文の原稿を二、三ページ眼を通したということである。高校時代以来、英語を勉強せず、欧米へ一度もいらっしゃったことがないのに、英語の読解力は抜群であった。

その後、時々下鴨のお宅に招待され、ご馳走になった。谷崎先生は非常な食通であり、お宅でいただいたさまざまのおいしいものは皆日本一であっただろう。ある時（私が京都の能楽堂で狂言に出た後だったが）、谷崎夫人の招待で京都の一流の料亭でご馳走になったが、奥様は豆腐のおいしさに感心し、料理人を呼んで何処で豆腐を買われたかとお聞きになった。きっと谷崎先生に最高においしい豆腐を上げるためだったろう。しかし、奥様に限らず、日本のいろいろな地方に住む人達が、すばらしい日本一の食べ物を先生に贈られた。ある時みごとな鯛《たい》が食卓を飾ったが、鳴門《なると》の渦を通った証拠として鼻に小さい「角」があった。四国にいる谷崎文学の愛読者からの贈り物であった。

数年後、谷崎先生は、健康のために京都を去って熱海に住むようになったが、鰻《うなぎ》以外の熱海の食べ物が気に入らず、毎日、特急「はと」に席を取り、京都で誰かがその席に京都の食べ物を置き、列車が熱海に止まると別の人がその食べ物を受け取って谷崎邸へ届けたということを聞いた。加茂なす等の京都独特の食べ物ならまだわかるが、京都からパンまで取り寄せるということは食通でない私にはわからない。しかし、文豪にふさわしいやり方だと思っている。

はじめて下鴨のお宅を訪ねた頃の記憶がもう一つある。私は『陰翳礼讃《いんえいらいさん》』を読んだことがあるが、その中に日本の伝統的な厠《かわや》の描写があり、感心したことがある。西洋風の便所と違い、暗くて「実に精神が安まるようにできて」いて、「青葉の匂いや苔の匂いのして来るような植え込みの蔭に設けて」ある厠は魅力的であった。ということで、別に行かなくてもいい時に厠への案内を頼んだことがあるが、実際は真っ白で極めて衛生的な設備が出来ていて失望した経験がある。

谷崎先生の美学と実生活を混同したのは私だけの誤りではなかった。永いこと谷崎先生の秘書を務めていたことのある私の友人が、次のような話をしてくれたことがある。谷崎先生は新宅の設計をある建築家に頼んだところ、その人は大変喜び、「先生の趣味はよくわかります。『陰翳礼讃』にお書きになった通りのお宅を設計してみます」と言ったら、谷崎先生はあわてて、そのような家には住みたくないと言われたそうである。現に、晩年の谷崎先生はうす暗い部屋を喜ぶどころか、いつも部屋をもっと明るくするよう要求された。

私は晩年の谷崎先生しか存じなかったので、初期や中期の小説に描かれた放蕩《ほうとう》や悪魔主義を覗《のぞ》いたことはもちろんない。ただ、何となく受けた印象では、晩年になっても谷崎先生は女性にしか興味がなかった。いつか京都のお宅で伺《うかが》った話だが、京都に住むようになってから京都の女性の友人がかなり出来たが、男性の友人は一人もいないと言っておられた。私に対していつも非常に愛想よく付き合ってくださったが、女性が部屋に入ってくると、何となく先生の眼の表情が変わったような気がした。

ある時、先生の東京の常宿を訪ねたところ、ちょうど先生が出掛ける時だったが、五、六人の女性に囲まれていかにも機嫌よく仕度《したく》をしておられた。若い谷崎潤一郎は『異端者《いたんしや》の悲《かな》しみ』に描かれたような生活をしたかも知れないが、晩年の谷崎先生はむしろ昔風の王様のように見えた。

はじめて知人になった頃から谷崎文学と実生活との関係について関心があったので、時々質問したことがある。無論、谷崎文学が私小説でないことはよく知っていたが、『細雪』には実生活を思わせる個所がかなりあったので、尋ねてもいいと判断した。先生は笑いながら「ちょっと違っていましたが」というような返事をしたが、実生活に近いことがわかった。

昭和四十年八月三日の葬儀の時、『細雪』に描写されたような四人の姉妹がお線香をあげる光景を見て、一種の驚きを禁じ得なかった。しかし、『細雪』は私小説には全然似ていない。この長篇小説に主人公があるとすれば、貞之助《さだのすけ》という人物だと思うが、著者である谷崎潤一郎を思わせる性格がない。『細雪』を『源氏物語』の現代版と称する批評家がいたが、光源氏《ひかるげんじ》のいない『源氏物語』を想像することはむずかしい。同様に、谷崎潤一郎がいない自伝小説はありえなかった。私が会った谷崎先生は、かつての小説に登場する人物に少しも似ていなかった。あるいはもっと親しい友人と一緒なら、私に見せてくださらなかった面、即ちもっと気むずかしい一面を見せてくれたかも知れない。私がその側面を見たことは一回だけであった。中央公論社から出される『日本の文学』という全集の編集委員会の会議の時、先生は尊敬していない作家について自分の意見を率直に述べた。この会議で私は、一人の作家に一巻または数人の場合二巻、という従来の全集の編集を変えて、谷崎先生に思い切って三巻を割り当てるように勧めた。その時、反対する声はなかったが、谷崎先生は「その場合、夏目さんも三巻にしなければ」とおっしゃった。漱石文学を嫌っていた谷崎先生もその重要さを認めていたが、「鷗外先生」や「荷風先生」といつも言っておられた谷崎先生は「夏目さん」としか言わなかった。

　私は谷崎潤一郎を近代日本の最も優れた作家だと思っている。ノーベル文学賞をとうとう受賞しなかったことを残念に思う。ストックホルムの委員会から私の研究室に数回も谷崎文学について問い合わせがあり、近いうちに受賞するに違いないと思っていた。ある年、外国の通信社から谷崎先生が受賞したという報道が入ってきた。記者たちは熱海へ向かい、先生の感想を聞いたが、明らかに喜んでおられた先生は、「まだ公式的には何も聞いていない」としか述べなかった。翌日の発表でユーゴスラビア人が受賞したことがわかり、私は大いにがっかりした。谷崎先生もがっかりなさった筈だが、痛手をこうむったとは思えない。

激しい欲情と野心に燃えていた谷崎青年は、年をとるに従って旧態から脱皮し、最終的に世界は「人間の喜劇」と見られたようである。西洋でもシェイクスピアやヴェルディのような天才は一生のさまざまの体験を最後の作品である喜劇に盛り込んだ。谷崎先生も『瘋癲老人日記《ふうてんろうじんにっき》』の中で、初期の小説からよく表現されていた激しいテーマを喜劇の要素に変貌させることができた。まだまだ書きたいことがあり、先生自身も死にたくなかったためか、「瘋癲老人」も死なない。娑婆《しゃば》を解脱《げだつ》することを望まなかった先生は、ご自分が書き残した数多くの小説に確かに生を続けている。

戦中日記の伊藤整氏

［一九八三・九］

伊藤整《いとうせい》氏と私とのお付き合いはかなり長いものだった。伊藤氏の弟子と自称していた高橋義樹《たかはしよしき》（堀川潭《ほりかわたん》）氏は戦時中、同盟通信の記者としてグァム島へ派遣され、骨と皮という状態で捕虜になった。私は当時、米国海軍情報部員として高橋氏を尋問しながら親しくなったが、その後、昭和二十八年に、東京で高橋氏に再会した時、伊藤氏に紹介してくれた。一緒に酒を飲んだことが一つのきっかけになり、その後、何回も伊藤氏に会ったり文通したりした。アメリカでも西インド諸島でもお付き合いしたことがある。

伊藤氏の優しさや健全な常識にはいつも感心していたが、一つだけ大きな謎が最後まで未解決のまま残っていた。つまり、あれほどおだやかな、ユーモアの持ち主が、太平洋戦争が勃発した時から、どうして「この感動萎《な》えざらんが為に」のような激しい原稿を書けたのかという謎である。

『太平洋戦争日記《たいへいようせんそうにっき》』（全三冊。一九八三年、新潮社）をひもといた時には、ジョイスを師として敬ったモダニースト作家で、英文学者でもあった伊藤氏が極端な愛国者になっていった手がかりを得られると思っていた。結論から先に言うと、この千ページ以上の厖大《ぼうだい》な日記を読んでも謎は解けなかったが、日記そのものは実に面白く、伊藤文学の最高峰であろう。

初めのうちは軽い気持ちで日記を付けていたようであるが、書き出してから一週間後に真珠湾攻撃があり、日記を付けながら作家として戦時中の日本を正確に記録するということが伊藤氏の重要な義務になっていったことがわかる。

伊藤氏は戦争の正しさについては何の疑問も持たなかった。昭和十六年（一九四一）十二月八日の日記には次のような感想を述べている。「我々は白人の第一級者と戦う外、世界一流人の自覚に立てない宿命を持っている。はじめて日本と日本人の姿の一つ一つの意味が現実感と限ないいとおしさで自分にわかって来た」と。十二月九日、日本大学の職員会議で、芸術科科長高須芳次郎《たかすよしじろう》等より「自由主義的芸術の排除決議提案。署名して総長提出となる」と記録している。署名した瞬間、多少躊躇《ちゅうちょ》したろうが、十二月十六日に、「先日学校で高須氏が文学の中の自由主義排撃云々と言っていたときに痛かったことも考え、今後十年か二十年のため、今の機会に自分の思想的内部改造をする必要あり。自分流の行き方で早く日本的意識の組織化を行わねばならぬ」と反省している。

戦争が起こったため伊藤氏は、普遍性のあるモダニーズムから日本的なものに眼を向け直した。「夕やみの中で子供が赤い提燈《ちょうちん》をさげて歩いているのを見ると、あこれが日本人の生きる姿、日本の昭和十六年の末の子供の居り方だ」と思う。「日記を気をつけて書こうと思う」と伊藤氏は書いたが、こんなに文学的な日記を付けるには相当の時間がかかっただろう。『得能五郎《とくのうごろう》の生活《せいかつ》と意見《いけん》』を同時期に書いていたが、二つの作品には同程度の重要性があると思ったようである。ところが、小説の一部分――「ジョイスと娘の話」――は「残して戦後に発表」することにした。

しかし、だいたいにおいて、伊藤氏は不思議なくらい、〝戦後〟のことに関心を示さなかった。伊藤夫人は息子たちの戦後の通学を考えて世田谷の家を売らないことをすすめたが、伊藤氏は、「今はそんなことを考えられる時でない」と言い、昭和二十年五月に家を売った。最後まで戦争を支持していた伊藤氏は八月十二日にこのように書いている。「とうとう来る所まで来たという、安堵に似た感を私は味った。大和民族はどういう境遇になっても、戦えるところまで戦うであろう。しかしその実力、最後の実力は国民にも分らず、敵にも分っていない。我々はまだまだ戦う力があると信じている」と。戦争が終わっても、「休戦かどうか分らぬが、どうも只事ではない。私は理論的には休戦と考える外ないが、日本人としての感情がそれを拒み否定するのを強く覚えた」と頑張り、平和が到来したことを喜ばず、「大和民族が屈服したこと」を嘆いた。

このような抜粋を読むと伊藤氏が非常に好戦的であったと思うだろうが、これはあくまでも私が恣意的に選んだ抜粋の印象である。当時の日本人、知識人といえども左翼の人以外のほとんどが、伊藤氏に似た心情を抱いて生きていたのではなかろうか。が、戦争日記の大部分は日常的な体験に占められている。食物の不足、病気、出版の困難、空襲の描写である。

最も面白いところは噂であろう。たとえば、三木清《みききよし》は、「日本は戦争に負けると言い、来年（十九年）の今頃には、日本中の男はアメリカ人の為レントゲンで去勢されてしまう」と予言したそうだが、毎日のように新しい流言が生まれていた。不思議な時代であった。

戦後生まれの日本人――つまり日本人の大多数――が四十年前の銃後の生活を知りたかったら、最も薦めたい本である。

吉田秀和という日本人

［一九八六・四］

吉田《よしだ》秀和《ひでかず》氏の音楽評論の愛読者の一人として「朝日新聞」に掲載された記事をほとんど全部読んできたつもりだが、単行本（『音楽—展望と批評』一九八六年、朝日文庫）になった数々の記事を改めて読むと、かなり違う印象を受ける。新聞という媒体を通してものを読む場合、どうしてもニュースめいた関心を引く。たとえば、ウィーン・オペラの東京公演の時、吉田氏の批評を読んで私と同感であったことを知って喜んだことがある。また、一年間の新しいレコードの中から吉田氏が選んだものを見て買ったことも何回もある。これらの記事の場合、私は吉田氏の見解が知りたくて読んだのだが、数年続いた記事をまとまった形で読むと、あのような知識を遥かに超える貴重な真実に出合う。つまり吉田秀和という極めて教養のある日本人に出会うことになる。

私はわざわざ〝音楽評論家〟と言わず、〝日本人〟にしたのは、吉田氏と私は正反対の立場でやや似た仕事を行っていると思うからである。吉田氏は西洋音楽の大家であり、子供の頃から、バッハ、モーツァルト等を聞いてきて、どのヨーロッパの専門家にも恥じない知識と繊細な感覚と情熱を以て西洋の音楽を聞いて感想を述べておられる。が、初めて吉田氏に会う欧米の音楽評論家は、日本人が西洋の音楽に詳しいことを不思議に思うのではないかと推測できる。日本人が私のような日本文学を専攻する西洋人に会う時の驚きと不安（日本文学についてむずかしい質問をするのではないか）に似た心境であろう。音楽の普遍性や国境を知らない文学は常套語になっているが、多くの人は、何処か深いところで他国人が自国の音楽や文学を本当に理解しているかどうかを疑いたくなることがよくある。

吉田氏の音楽評論を読むとこのような疑問はすぐふっ飛ばされてしまう。音楽について大変な知識があるが、記事を些細《ささい》な事実で埋めるようなことをせず、いつも音楽の本質に触れている。しかし、別に日本人として西洋の音楽について書こうという姿勢をとらなくても、吉田氏は自分の中に非西洋的なものがあるということを知っている。中村真一郎《なかむらしんいちろう》氏の『頼山陽《らいさんよう》とその時代《じだい》』を読んで、日本文学の中にある漢詩や漢文の重大さを改めて認め、次のように書いておられる。

日本の音楽における西洋音楽の意義は、文学での漢詩漢語のそれと必ずしも同じではない。けれども、西洋の音楽も、いわゆるクラシックとポピュラーの両分野で「日本の音楽」を豊かにした点ではシナ文学に劣らない。私はただ西洋音楽について、自分も全く西洋人と同じところに立ったつもりで論じていたら、いつかは誰にも要らない存在になっても不思議ではないだろうと思う。

吉田氏は日本の伝統音楽をあまり知らないと謙虚に認めているが、自宅の近くの小径を歩いていて、時おり聞こえる三味線の音に決して無関心ではない。

こういう楽の音にふれると、いかにこれが、小径にぴったりの音楽かと感嘆しないではいられない。いや、この音楽は、小径と同様、この国の自然と文化が一体になって生み出したもの、その精粋にほかならないということに気づく。

また、「日本人の日本好き」という章では、ボストン美術館展を上野の国立西洋美術館で見た時、エジプトの彫刻やゴッホの絵よりも歌麿の両国川開きの三枚続きに人気があった現象を次のように説明する。

私たち日本人は、いくら西洋好き、外国かぶれといったって――それも一面の真実だが――結局のところ、「日本」が大好きなのである。自分たちの国のかつて所有したもの、今も所有しているもの、芸術、風俗、自然その他のもろもろに深い愛着を感じてやまないのだ。

無論、吉田氏は自分を日本が大好きの日本人の仲間から除外しない。が、日本文学しか愛さないような日本人の文学者とは基本的に違い、吉田氏の場合、安易な「日本回帰」はあり得ない。日本人が日本の美術等が好きなのは当然であるが、吉田氏は「自分を耽美するナルシス的情熱」になりかねないと警戒し、「明治以来の外国文化移植がもたらした『異物』を除き、日本人の音感を純化、先祖返りを計るということ」が起こらないように祈っておられる。

西洋音楽が〝異物〟でなくなった日本に偉大な音楽評論家が生まれたことは何の不思議もなかろうが、吉田氏の視野の広さは注目に価する。たとえば、「フルトヴェングラーの思い出」という章では亡くなった大家に捧げる賛辞に終わらず、フルトヴェングラーがナチ政権の下で戦争の末期まで公職についた事実に直面し、メニューインの見解「彼の誤りは、私のそれと同様、音楽の力を過大評価したことにあったのだろう」を引用して、「今世紀前半の音楽家は政治との容赦のない対決を強いられてきた」と言っておられる。「ショスタコーヴィチの『不信』」の中で同様の問題を取り上げている。音楽家としてのショスタコーヴィチの偉大さについては賛辞を惜しまないが、彼の回想に「全面的信頼をおくのを躊躇」すると述べておられる。「ショスタコーヴィチが、スターリン生存中からそのあとも——結局、彼自身が死ぬまで——社会的には、ソ連で最も成功し最も重要視された作曲家として生きていたし少なくとも、そと目には」と指摘してから、ショスタコーヴィチが「歴史は権力者なり何なりの『都合』でどうにでも書きかえられるものにすぎないという考えに慣れた頭脳」を持っていた作曲家であったためか、強い違和感を示唆している。そこで詩人オシップ・マンデリシュタームの未亡人の言葉を引用する。

もし記憶が病んでいたら、その国から何が期待できようか。もし記憶を持たないとしたら、そんな人間にどんな価値があろうか。

エッセイの結末では吉田氏は「日本国の記憶は健全か。私たちの記憶は弱い方かどうか」とたずねる。

以上の感想が示すように、これらのエッセイは決して演奏会やレコードの批評にとどまらない。文学、演劇、美術、映画等に度々触れ、それによって立体的な自画像を作り上げている。音楽を論じる人がテンポの誤りや歌手の声のあらを捜すことだけに満足したなら、彼の評論を繰り返して読むことはなかろう。吉田氏の音楽評論には並大抵でない深みがあるから何回も読む値打ちがある。もちろん、吉田氏はどの評論家にも負けないほど演奏の善し悪しを分析することができる。たとえば、チェリビダッケとバレンボイムの演奏の違いを実にうまく捕えて私たちに伝えてくれる。そして音楽の世界の固定観念に囚われず、自分の耳と感性に頼る。ウィーンの伝統をよく知っている吉田氏は、マーラーの交響曲のようにウィーンで生まれた音楽の場合、ウィーンの演奏家でなければ本場の音が望めないと書くだろうと読者は想像するかも知れないが、こういう常識は当たっていない。マーラーの演奏家としてそれほど評判がよくないレヴァインのマーラーを絶賛してから次のように書いている。

私はもしマーラーがこれをきいたら「この男は私を理解した。私の一見複雑にからみあったスコアも、要するに自分の考えをできるだけ正確に伝えようとしたところから来たのであり、この指揮者は、私のスコアに何かをつけ加えようというのではなくて、それを正確に読みほぐすことに全力をつくしたのだ」といったろうと思う。

レヴァインがこの評価を読んだらどんなに心強く思うだろう。

また、吉田氏は音楽について何の気取りもない。私の大嫌いなウィーンのオペレッタやアメリカのミュージカルを丁寧に聞き、説得力のある筆で誉めると、私の先入観は大分揺らぎ出す。

が、最も心に訴えるのは、音楽に対する情熱である。正直に言って、私はこれから死ぬまでもう二度とシューベルトの『未完成』やリムスキー゠コルサコフの『シェヘラザード』を聞くことができないとわかっていても苦にしないと思うが、吉田氏はこのように聞き過ぎるような曲の場合でも全く新鮮な音楽を聞くように感動し、私たちに自分の喜びを伝えてくれる。吉田氏が書いたように、わが二十世紀はもう黄昏時《たそがれどき》になったが、真の教養の光は幸い暗闇を照らし続けている。

「鉢の木会」のころ

［一九八三・一二］

三島由紀夫に初めて会ったのは、昭和二十九年十一月だった。歌舞伎座の前で会って、三島さんの『鰯売恋曳網《いわしうりこいのひきあみ》』という芝居を一緒に観た。当時、私は京都に留学していたが、その後、上京する度に三島さんに会った。

一方、吉田健一《よしだけんいち》に会ったのは同じ年の夏頃だったが、時々お宅に呼ばれたことがある。吉田さんの家は終戦直後に建てられたブロック建築で、何ともいえない殺風景な感じの家だったが、お酒を少し飲むと、飾り気のない壁なども気にならなくなり、吉田さんのたくみな話術に魅せられた。

昭和三十年の春、吉田さんは私を「鉢の木会」に呼んで下さった。いうまでもなく、会の名前は謡曲の『鉢木《はちのき》』から取ったものだったが、終戦後十年を経たとはいえ、お金もおいしい食べ物もない頃だったので、友人同士がありあわせのものを持ち寄って一晩、一緒に楽しく過ごした。能の主人公である佐野《さの》の常世《つねよ》は、大雪に出合って一夜の宿を頼んだ旅の僧を泊めるが、薪《まき》がないので、家宝である鉢の木を切って火にくべるという美談である。大変大事なお酒を友人たちと分かち合うということは同じような心境であっただろう。

会員たちは毎月のように集まり、毎回違う客を一人招待することになっていた。三島さんや吉田さんの他に、福田恆存《ふくだつねあり》、神西清《じんざいきよし》、吉川逸治《よしかわいつじ》、大岡昇平《おおおかしょうへい》と、中村光夫《なかむらみつお》等が会員であった。何というすばらしい顔ぶれだっただろう。

写真に出ている三島さんは、その日後に他の約束があったため、タキシード姿で写っている。当時の日本ではタキシードは非常に珍しく、他の会員たちは三島さんを大いにからかっていた。

三島さんが開いている大きな和綴じのノートには、会員が作った連歌《れんが》が書かれている。無論、宗祇《そうぎ》が作ったような文学的価値のある連歌を真似したわけではなく、むしろ即興的なものだった。連歌を作るきっかけになったのは、吉田さんが私の書いた『日本《にほん》の文学《ぶんがく》』という本の日本語訳をやり、連歌の存在を知ったのが最初で、その後、会員たちにも作ることをすすめた。七、八年後、スイスの文芸雑誌が連歌特集号を企画し、私に協力を依頼してきたので、鉢の木会の連歌を載せたいという旨《むね》の手紙をニューヨークから吉田さん宛に出した。吉田さんは、皆が酔っぱらっている時の連歌を活字にしたくないと言って断った。例のノートはまだ何処かに保存されているだろう。

その晩、私も連歌に参加した。自分が作った句は忘れたが、私より先に句を作った人が猫に触れていたので、私は機知を見せびらかせて自作を強く印象づけようと思い、猫の句に三井寺《みいでら》の鐘についての句を付け加えた。無論、猫の愛称としてよく言われるミイという言葉をはね返していた。ところが、誰一人として笑う者がいなかった。それどころか、折角の遊びに衒学《げんがく》的な臭《くさ》みがついたように思われたらしい。神西さんの番となった時、「春初寒」で終わる十七字の句を付けたが、私は直感的にこの文句が私のことを指していると解釈した。自分が座を白けさせるような存在だと悟り、恥ずかしくなった。楽しい一晩の小さい失敗に過ぎなかったが、私は自分を人に印象づけようとする場合、大体において失敗してしまう。

昭和三十三年になって鉢の木会の仲間が季刊誌「聲」を創刊した。編集責任者は交代したが、同人たちは毎号に書いていた。三島さんの『鏡子の家《きょうこのいえ》』も近代能楽である『源氏供養《げんじくよう》』も「聲」に載ったし、仲間の大岡さんの『富永太郎の手紙《とみながたろうのてがみ》』や福田さんの『私の國語教室《わたしのこくごきょうしつ》』や吉田さんの『文学概論《ぶんがくがいろん》』や中村さんの『パリ繁昌記《はんじょうき》』等が載ったが、同時に、同人以外の執筆者も多く、山本健吉《やまもとけんきち》氏の『柿本人麻呂覚《かきのもとのひとまろおぼえ》書《がき》』、円地文子《えんちふみこ》氏の『なまみこ物語《ものがたり》』、福原麟太郎《ふくはらりんたろう》氏の『チャールズ・ラム伝《でん》』、江藤淳氏の『小林秀雄《こばやしひでお》』等は他の文芸雑誌でなかなか見られないような文学性があった。

「近代文学」のような文芸雑誌と違い、「聲」の創刊号の巻頭に「共通の画一的な文学理想や主義主張はない。理想は個人のものである」という主張通りに雑誌が編集された。が、共通点は少しあった。たとえば、新仮名遣いや略字は拒否した。雑誌は「聲」であり、「声」ではなかった。国語の問題に関しては福田さんが最も熱心であったが、吉田さんも三島さんも「新しい日本語」を極端に嫌っていた。「聲」の執筆者のほとんどが旧仮名遣いであった。私も二回に亙《わた》ってロダンのモデルであった「花子」について随筆を書いたが、勿論旧仮名遣いと本字を用いた。

しかし、新仮名遣いを嫌うことだけが同人の繋がりだったら、この雑誌が永く続く筈はなかった。自分たちは第一線の作家、評論家である自信も繋がりになったが、都合の悪い時に雑誌の編集をさせられることは重荷になったと思われる。「聲」の十冊目が終刊号になり、その原因が赤字ということになっているが、確かにそういう側面もあった。大変贅沢な雑誌で、定価は一般の単行本よりも高かったので、売れゆきは芳《かんば》しくなかった。営業収支が合わなかった。が、それだけの問題ではなかったと思う。私は「聲」が赤字のために廃刊になるということを吉田さんの手紙から知り、がっかりしたが、ニューヨークのある金持ちの出版者の自宅を訪ね、「聲」のために援助してくれるように依頼した。出版者は「聲」の英語訳の可能性等についていろいろ聞き、お金を出せないこともないが、二、三の作品の英訳を読んでから決定したいと言った。私は、きっと喜ぶだろうと想像し、早速吉田さんに手紙を書いたが、返事を読んでから自分の誤算がわかった。いずれ廃刊になるべき雑誌がいい時に廃刊になったという旨の手紙だったのである。助成金がアメリカの出版者から出ても、もはやあまりありがたくない時期にきていた。

私は全然気がつかなかったが、写真で仲良く笑っている鉢の木会の仲間にさまざまのひびができていた。まず、三島さんと福田さんの関係が疎遠になったが、現在でも私はその原因がわからない。その後、三島さんと吉田さんはもっとずっと仲が悪くなった。二人の友人の仲が悪くなったことを知り、残念に思った私は三島さんにも吉田さんにも原因を聞いたが、二人の返事は不思議なくらい似ていた。ともに「日本の伝統を知らなすぎます」だった。が、「日本の伝統」は二人の友人には全然違う意味があった。三島さんにとっては「日本の伝統」は古典文学や思想または古来の礼儀作法だったが、吉田さんにとっては、「日本の伝統」はむしろ戦前の上流社会または文人の社会を指すものだった。吉田さんは酔っぱらい、訳のわからない言葉を大声でしゃべって、無意味な高笑いをした。三島さんは滅多に酔わなかったが一度酔ったらそれが醒めるまで眠り続ける習慣があった。三島さんが自決してから私は吉田さんとその噂をしたことがあるが、吉田さんは、「三島さんは笑っても、口だけだった。眼は一向に笑っていなかった」と言った。厳密に言うと、三島さんの眼が笑っていたかどうか、誰にも言えないことである。しかし、吉田さんが酔って笑った時は、彼のすべてが笑っていた。

親しい仲間にも対立が出来、喧嘩になってしまうということはいかにもありふれた話である。鉢の木会の仲間もこの悲しむべき傾向を避けることができなかった。極めて優れた七人が一時的にしろ、定期的に集まって楽しんだことも、三年にわたって力を合わせて雑誌を出したことも珍しい現象である。その後、会員がばらばらになったことは必然だったろうが、私は二十八年前の写真を見ながら残念に思えてならない。

この写真が写された二年後に、神西さんが亡くなった。一番年下の三島さんは十五年後に、当時本人を含めて誰も想像できなかった死に方で世界を驚かした。吉田さんは医者から堅く禁じられていたお酒を飲むために、そっとベッドから起き、隣の部屋へ忍び足で行き、微笑を浮かべながら亡くなった。残っている会員はもう白頭になった。会員でなかった私も時の流れに洗われ、写真で見られるような若さがあとかたもなく消えてしまった。

三島さんと私が一緒に写っている写真は他にも数枚がある。多くは昭和三十七年頃のものである。その年に、私は菊池寛賞を受賞したが、ライシャワー大使が文藝春秋社の方々と私の最も親しい三人の友人を大使館へ招待して下さった。米大使館の前に大使夫妻と並んで三島さんと吉田さんが立っている。二人にとっては喧嘩した後だったと思うが、私との関係では相変わらず親しい仲だった。授賞式の晩の写真もある。大岡昇平さん、高見順さん、有吉佐和子《ありよしさわこ》さんが出ているが、有吉さんの話に三島さんが非常に驚いているようである（三島さんにその写真を見せた時、自分の表情がヒンシュクを現すものだと言って笑った）。

もう一枚の写真は芥川比呂志の楽屋で、三島さんが脚色した『黒蜥蜴《くろとかげ》』が上演された時のものだが、芥川さんは手に拳銃を持ってげらげら笑っている。三島さんも私も笑っているが、三人の表情を比べてみると、私たちの笑いは三島さんの冗談に対する反応であったようである。

最後の写真は下田の海岸で写された。ボディービルでよく身体をきたえた三島さんは小さいお嬢ちゃんの左手を握っており、貧弱な身体の私は右手を握っている。小さい坊っちゃんは姉さんを見ている。何の特徴もない平穏の一瞬であるが、皆が顔の表情や身体の姿勢を考えてシャッターを待っている写真よりも心に訴えてくる。消えるべき瞬間が何かの偶然によって消えなかった。写真がなければ、この瞬間を記憶する人は一人もいなかろう。しかし、この平穏な写真も、鉢の木会の写真も、三島由紀夫という、不思議な人物の謎に何かの手がかりを与えてくれる筈である。私はいくら見ても解読できないが、この問題は、私よりもっと冷静に亡くなった友達の姿を観察してくれる研究家に任せたい。

わが友 三島由紀夫

［一九八五・六］

日本人は〝天才〟という言葉を気軽に使いすぎるのではないだろうか。外国語を二カ国語しゃべれたり、アフリカの国々の名前をすべて諳《そら》んずることができたりすると、それだけで〝天才〟扱いされることもある。しかし、二つの外国語を（あるいは五つの外国語を）しゃべれるということは、たとえば、それらの言葉が使われている国々で成長期を過ごしたというような偶然の結果にすぎないのかもしれず、それだけでは、その人間が例外的に優秀な頭脳を持っていることの証拠とはなりえないのだ。また、だれにせよ、数時間も地図を眺めていれば、アフリカの諸国の名前ばかりでなく、首都の名前まで覚えることができるだろう。本当の天才とは、簡単には説明することのできない能力の持ち主のことだ。シェイクスピアは天才だった。モーツァルトも、レオナルド・ダ・ヴィンチも、紫式部《むらさきしきぶ》も天才だった。私がこれまでに出会ったすべての人々のなかで、「この人は天才だ」と思った人は二人しかいない。一人は中国文学および日本文学の偉大な翻訳者であったアーサー・ウエーリである。彼は中国語と日本語を独学で身につけ、事実上、他の人の研究書の類《たぐい》の助けを借りることなしに『源氏物語』のような極めて難解な作品を翻訳したのだ。そして、私の出会ったもう一人の天才が三島由紀夫である。彼と私との付き合いは十六年ほどに及んだが、彼の圧倒的才能には絶えず驚かされたものだ。

初めて三島由紀夫に会ったのは、一九五四年十一月のことである。三島の作品を出版していた某出版社の社長であり、私の友人でもあった人が仲立ちをしてくれたのだ。当時、東京の歌舞伎座で、三島の『鰯売恋曳網《いわしうりこいのひきあみ》』が上演されていた。そのころ私は、日本の古典文学に若い作家たちを刺激する力が依然としてあるのかどうか、という問題に非常に興味を覚えていた。大方の意見は私を失望させるものだった。つまり、若い日本人は能や歌舞伎や、その他の古典演劇には全く興味を失っており、日本の古典文学と現代文学の間に、断絶を感じているというのである。若い人たちにとって、その断絶は、外国文学と日本文学との懸隔以上に大きなものだ、ということだった。しかし、三島だけは例外だという。その日、私が鑑賞した芝居は室町時代の物語に基づいたものであった。三島は歌舞伎の伝統的語法を苦もなく駆使することができるという点で、同じ世代の劇作家のなかでも極めてユニークな存在だった。いや、歌舞伎の台本だけではない。彼はどんな種類の日本語でも書くことができた――平安朝の物語であろうと、幕末の志士の檄文《げきぶん》であろうと、あるいは現代の若いサラリーマンの会話であろうと。彼は日本語の表現上の可能性のすべてを愛していたのであり、だから、言葉の使い方がぞんざいな小説を読んだりするとひどく腹を立てたものだ。国立劇場へ歌舞伎を見に行ったところ、観客にわかりやすいように台本に手が加えられていた、と怒っていたこともあった。

初めて会った日から私たちはすっかり打ち解け、その後も、話題がなくて困るなどということは一度もなかった。彼はユーモアのセンスも抜群で、よく大声を立てて笑ったものだ。レストランで食事をしているおりなどにも高笑いをし、他の客がじろじろと私たちのほうを見たりするほどだった。私は内気な質《たち》なので、人に見られていると思うとなんとも落ち着かない気持ちになる。しかし、三島は人々に注目されるのが好きだったようだ。彼がエキセントリックとしか思えない服装をすることがあったのも、その辺の事情と無関係ではないだろう。たとえば、彼はシャツのボタンをへその辺りまで外していることもあったし、食事のあとではボタンを一つ外さなければならないような、細いズボンをはいていることもあった。また、自作の劇に出演したり、ギャング役で映画に出たり、舞台でシャンソンを歌ったりもした。

三島は小説家は快活でなければならないと考えており、この世の苦悩を一身に背負ったような顔付きの、日本の典型的インテリを嫌悪していた。日本の作家のなかでは森鷗外が理想的存在だ、とよく三島は言っていた。鷗外は常に沈着であり、心のなかの苦悩を決して表に現さなかったから、というのがその理由だった。だから、太宰治《だざいおさむ》が嫌いだった。太宰の自己憐憫《れんびん》は我慢がならないというのだ。とはいえ、三島は基本的には鷗外よりも太宰にずっと似ていた。しかし、三島は彼一流の意志力で鷗外に似るように自分を強いたのだ。あの高笑いもその努力の表れだったし、文学上のスタイルの点でも鷗外を目標にしていた。

三島はその意志力を別の面でも発揮した。つまり、自分の肉体を、インテリの脆《ぜい》弱《じゃく》な肉体から、筋骨たくましい肉体に変えることに成功したのだ。少年時代の三島はとてもひ弱で、体育の授業を免除されていたほどだという。スポーツも見るだけで、自分ですることはなかった。私が初めて会った当時も、彼は痩《や》せていて、肉体的には特別な印象を受けることはなかった。彼がボディービルを始めたころのことはよく覚えている。二人が親しく付き合うようになって以来、私が上京するときには、三島は必ず駅まで出迎えに来てくれたものだ。そのころ、私は京都で研究を続けていたのだ。その後、私はアメリカに帰ったのだが、夏に来日すると、三島は羽田まで迎えに来てくれた。ところが、ある年、彼の姿が空港に見当たらないことがあった。「三島らしくないな。いつだってとても礼儀正しい男なのに」と思った私は、ある人に三島はどうしたのかと尋ねてみた。ボディービルに凝《こ》っているので時間が割けないのだろうという返事だった。そのときはボディービルの何たるかを私は知らなかったが、以来、ボディービルと剣道は彼の生活の大切な一部となった。私もボディービルを始めるよう彼から勧められたものだが、彼ほどの意志力のない私は決して手を染めなかった。

三島はいかにも彼らしい熱心さでボディービルに取り組み、みごとな肉体をつくり上げた。そして、自分の肉体に自信を持つと、しきりにその肉体を（特にプールサイドで）誇示するようになった。水泳パンツをはき、サングラスをかけて、ビーチチェアにすわっている彼の姿をよく見かけたが、実際に水に入るところは見たことがなかった。自分の体をそうして人目に晒《さら》すことが楽しかったのだろうか。あるいは、本当は苦痛だったのに、自分の意志の力を証明するためにそんなことをしていたのだろうか。私には本当のところはわからなかった。

私が初めて翻訳した三島の作品は『近代能楽集《きんだいのうがくしゅう》』である、一九五七年のことだ。

その本がニューヨークで出版された直後、三島は出版記念パーティーに出席するためにニューヨークへ来た。「ニューヨーク・タイムズ」から派遣された男が三島にインタヴューをしたが、その質問はまことにお粗末なもので、三島についても三島の作品についても、何も理解していないことが歴然としていた。初めのうち三島は丁寧に英語で答えていたが(彼は英会話もびっくりするくらい上手だった)、やがてその男のばかげた質問に我慢ができなくなり、私を通訳にして日本語で答え始めた。そのインタヴューのあとで、三島は私に「アメリカで名前を知られるにはどうしたらいいんですか」と尋ねた。彼は失望していたのだ。私が訳した戯曲ばかりでなく、小説も一篇翻訳されていたので、ニューヨークでは大いにもてはやされるものと期待していたらしい。それなのに、だれ一人として注目してくれないのだ。日本とは違って、アメリカでは文学者が社会的に注目を引くことはないのだ、と私は説明した。亡くなったあとで、三島が国外で最もよく知られた日本人となったことは、なんとも皮肉というほかはない。彼の顔写真は、十カ国語以上の本の表紙に用いられており、以前は日本文学になど全く興味のなかった人々でさえ、今では三島の顔を知っている。

彼がニューヨークに滞在している間に、何人ものプロデューサーたちが彼に接触してきた。『近代能楽集』の上演許可を得たかったのである。自分の戯曲が英語で上演されるかもしれないというので、三島は興奮していた。プロデューサーたちは必ず年内に上演すると約束し、三島はメキシコ旅行に出かけた。ニューヨークに戻ってくるころにはリハーサルが行われているだろうと三島は考えていたのだが、事実はそうはならなかった。プロデューサーたちは資金を集めることができなかったのだ。資金の提供者を獲得するために、プロデューサーたちは、三島に、戯曲の手直しをしてもらえないかと申し出た。演し物《だ》に近代狂言を加えればプログラムがより魅力的になる、というのがプロデューサーたちの意見だった。三島は彼らの意に添うように、直ちに一篇の狂言を書き上げた。次にプロデューサーたちは三篇の近代能を関連のある一つの作品として上演したほうがいいと言いだし、本来は全く別の場所の別の人々を扱った三作品を一つにまとめてほしいと三島に依頼した。三島はその依頼にも応じ、三つの作品をつないで一つにした。その作品も優れたものだったが、プロデューサーたちは結局資金を調達することができず、三島は失意のうちにニューヨークを去ることになった。しかし、それ以来ほぼ三十年になるが、私は月に一通ぐらいの割合で、世界のどこかの国のプロデューサーから手紙を受け取っている。三島の近代能は、おそらくは、日本におけるよりも海外でより頻繁に上演されているのである。

私は三島の『サド侯爵夫人《こうしゃくふじん》』という戯曲も翻訳している。彼はその作品の後半を執筆している最中に、第一幕のガリ版刷りを私に送ってくれた。一読して、私は翻訳したいと思った。完成したら、大変な傑作になると確信したからである。その夏、軽井沢でその作品のラフな翻訳を仕上げた。そのことを葉書で知らせると、三島から「万万才」という電報がきた。三島は私の翻訳がそのまま出版できるものと思っていたのだ。しかし、私の場合、翻訳の第一稿は最終稿のための原料のようなものにすぎないのである。三島は書き直しをするということがなかった。小説にせよ戯曲にせよ、彼はまず詳細な梗概《こうがい》を書いた。あとは易々《やすやす》と筆を運ぶことができたようだ。他の作家たちが、人に見せられるような形にするまでに、普通は数回も書き直しをしなければならないことが、三島にはどうにも理解できなかったようである。

三島はとても気前のいい友人だった。私を食事に招待してくれるときには、いつも最高級のレストランだった。私にとっては、三島との会話が何よりのご馳走なのだから、あまり浪費をしないでほしいと頼んだりもしたものだ。しかし彼は、完璧なホストでありたいのだと主張するのである。ニューヨークを訪れた三島を食事に招く際、私には一流のレストランへ連れて行くほどの余裕がなかったので、普段行きつけの店を利用したものだ。私にはそれが恥ずかしかった。そのため、私は彼が望むほどには彼と会うことがなかった。彼は日本にいる友人たちに、私の態度が冷たかったとこぼしたことがあるそうだ。それを聞いて悲しい気持ちになったが、本当のことを打ち明けるわけにもいかなかった。三島が私に対してあれほどの気前の良さを見せることがなかったなら、私も躊躇《ちゅうちょ》することなく、学生たちが出向くようなレストランへ彼を連れて行くことができたのに、と思う。

三島は毎年八月になると、家族と一緒に伊豆の下田《しもだ》で休暇を過ごしたものだが、私も何度か招かれたことがあった。最後に招かれたのは、彼が亡くなった年のことである。そのときすでに、十一月二十五日に自害する決意を固めていたのだが、いつもと同じように快活だった。第一日目の夕方、彼は『豊饒《ほうじょう》の海《うみ》』を書き終えたところだと言い、私にその原稿を手渡した。彼が死の直前に、十一月二十五日という日付を記入した原稿である。その夜、彼は私とある外国の新聞の特派員を食事に連れて行ってくれた。三人だけだというのに、彼はロブスターを五人前注文するのだった。そして、五人分のロブスターが出されると、今度は七人前に変えてくれと言うのである。妙なことをする人だとそのときは思ったが、今にして思えば、私たちの最後の晩餐を特別なものにしたかったのだろう。翌日の午後、私たちはホテルのプールサイドで過ごした。彼は私に、彼の最も新しい戯曲を読んで聞かせてくれた。馬琴《ばきん》の『椿説弓張月《ちんせつゆみはりづき》』を脚本化したものである。彼は武士や女や子供の声を作りながらその脚本を読んだ。彼は人の声音を真似る才能にも長《た》けており、私はうっとりと聞き惚れたものだ。三島に関する最初の記憶も、事実上最後のものと言うべき記憶も、共に歌舞伎にまつわるものであるのは、不思議な気がする。

最後に三島の顔を見たのは、一九七〇年の九月、私がニューヨークへ戻るときのことだ。午前十時だというのに、三島は私を見送るために羽田まで来てくれたのである。彼が原稿を書くのは夜中から朝の六時までであることを知っていたので、午前十時に見送りに来てくれるとは予想していなかった。彼は目を充血させており、無精髭《ぶしょうひげ》を生やしていた。顔を合わせるのもこれが最後であることを、私は知らなかったが、三島は知っていたわけだ。礼儀正しく、良き友人であった三島は、私に別れを告げるために羽田まで来てくれたのである。

それ以来今日まで、私はほとんど毎日のように彼のことを思い出す。言うまでもないことだが、人はそれぞれに掛け替えのない存在である。しかし、三島の死は私の心に、どう埋めようもない穴をあけたのである。

あとがき

振り返ってみると、この三十数年間、いやもっと前から——日本語を勉強し始めた四十数年前から——日本は私にとって単なる研究の対象であるばかりでなく、私と切り離せない存在であった。

三十年ほど前に、日本に反米思想が盛んであった頃、私は日本の新聞や雑誌を読んでこの傾向を絶えず悩んでいた。私はアメリカ人に違いないし、もし反米思想がもっと強くなったら、もう日本にいられなくなるのではないかと心配していたからである。また、日米経済摩擦が問題になり、アメリカの政治家が日本についてきびしい発言をしたりする昨今、私は同じような不安を感じるのである。

二つの国を愛する場合、このように板挟みになることは時々ある。十九世紀の初めごろ、アメリカ海軍将校であったディケーターという人に、有名な乾杯の辞が残っている。「わが国！　外国との交渉においてはいつも正当であるように祈るが、正当であっても誤っていても、わが国に乾杯す」と言ったそうである。彼は純然たる愛国者に違いない。しかし、愛する対象が二つの国である場合、もっと複雑になる。自分が生まれた国と自分を精神的に育ててくれた国が対立する場合、生まれた国——つまり普通の意味の母国——が誤っていたら支持することがむずかしくなってしまう。

しかし、私が二つの国の間の狭間に生きているために絶えず何か苦しい選択に追われていると読者に思わせてはいけないと思う。実は、二つの母国があることは、どんな人にとっても、(私だけではなく)仕合せだと信じている。たしかに、二つの文化を知り、二つの国語をしゃべり、二つの違った伝統を意識することは悩みの種になることが偶《たま》にあるが、私はそのために自己憐憫を感じたことは一度もない。むしろ自分は非常に恵まれているといつも思ってきたので、外国で長く滞在してから日本に帰国する日本人の悩みに十分な同情心を持たないかも知れない。が、そのような人に二つの母国を持つことの喜びを少しでもこの本で伝えることに成功したら、何よりの喜びである。

この本に収録されているエッセイは六年にわたって書かれたものだが、中心になっているのは、一九八五年に、今はなき『リーダーズ・ダイジェスト』の日本版のために執筆したものである。この一連のエッセイのテーマは当時のリーダイの編集長であった塩谷《しおや》紘《こう》氏が提供して下さったもので、私は三十数年前からの日本での体験に基づいて自由自在に書くことが出来た。ここで感謝を表したい。

三十三年前に、初めて京都に留学するようになった頃、現在のように外国人の日本文学者が多くなかったためか、私はほとんど全部の有名作家に会う機会に恵まれ、その中で数人の方々とは大変親しくさせて貰った。これらの友人の多くは今は故人となり、思い出すことが度々あるが、日本という母国での私の一面をほのめかすものとして、この本に入れることにした。

また、三、四年前に朝日新聞の客員編集委員になったことに因《ちな》んで朝日新聞に載ったいくつかの記事は、私の日本での生活が新しく展開していたことを連想させると思う。

一九八六年十二月

東京、西ヶ原にて　ドナルド・キーン

文庫版あとがき

約三十年ぶりで『二つの母国に生きて』を読み出した時、きっと私は日本がどんなに変わったかを発見するだろうと予想していた。無論、その間に目立った変化が充分にあったことは確かだが、この本を書いた今の〝私〟は、不思議にこの本を書いた頃の当時の〝私〟に似ていた。その時書いた冗談は現在でも通じそうで、読みながら笑った。

しかし大きな変化もあった。この本を書いた頃、毎年の四、五ヵ月間をニューヨークで過ごし、コロンビア大学で教え、残りの月は東京に滞在していた。そしてニューヨークと東京両方に住居があることを喜んでいた。ところが、もしもなにかの理由で、どちらかにずっと十二ヵ月間を過ごすことを決める必要があったらどうしよう、と自問した。この本の中で私は、その場合東京にする、と書いた。そうしてその通りになった。

今年はニューヨークに十日間程度しか滞在しなかった。三年前に日本の国籍を取得してからはニューヨークには家がない。このことを知った日本の友人は私に対する態度を変えた。以前は「何時《いつ》アメリカへ帰りますか」と問われたものだ。しかし、国籍を取得してからは私の住まいは東京なので、時折ニューヨークと東京を往復することはあるだろうが、帰る国は日本であると認めた。

今でもたまに「お箸を使えますか」または「お刺身を食べられますか」と聞く人がいるが、それは稀になった。日本人はコスモポリタンになったようである。もう誰も外国人をじっと見つめない。日本人の日常生活もまたコスモポリタンになった。最近私は伊豆の伊東の和風食堂で食事をした。椅子のあるテーブルは直ぐ満席になったが、伝統的な椅子のない座敷のテーブル席にはなかなか客が来なかった。正座をしたり胡坐をかくことに人気がなくなったらしい。しかし、どこに座っていても客は非常に伝統的な料理を食べていた。

日本の印象を描写する場合、大いに変化した面、または昔から全然変わっていない面のどちらかを過大視する傾向がある。私にとっては両方を探すことが最も楽しい。

二〇一五年六月

ドナルド・キーン

解説

小さな名著

松浦寿輝

一国と他国との間には様々な関係がありうる。ある場合には友、別の場合には敵、そうでなければまた単なる商取引の相手。いずれであるにせよ、「鎖国」がもはや不可能となってしまった十九世紀半ば以降、世界のどの国も、他国と何らかの関わりを持たずに国として存続することはできず、そこに「外国研究者」の存在理由が生じる。敵を知り己を知れば百戦危うからず。ただし、この存在理由はあくまで実利的・功利的なものだ。

これに対して、実利を離れ、純粋な好奇心と知的興味から「外国」を理解したい、そして理解した内容を自国の人々に紹介したいと欲望する研究者ももちろんいる。そして、そうした存在を一定数抱えているという鷹揚な文化的余裕は実は、長い目で見れば、それもまた「国益」に大いに資することになるのである。一見何の役に立つとも思えない「外国文学研究」がその典型だが、それは決して単なる暇人の慰みごとというわけのものではない。たとえば、知識・見識において英国の専門家に伍して譲らぬ日本人のシェイクスピア研究者が存在したり、フランスの出版社に頼まれて『失われた時を求めて』の校訂版を監修する日本人のプルースト研究者が存在したりするという事実は、わが国の品位と威信を高めることにどれほどめざましい貢献を行なっていることか。とはいえ、そうした場合でも研究対象はあくまで「外国」である。

ところがここに、対象への理解が深まり愛が昂じた挙げ句、「外国」だったものが「もう一つの母国」にまでなってしまったアメリカ人の日本文学研究者がいる。本書『二つの母国に生きて』の著者ドナルド・キーンは、本書の諸章が執筆された一九八〇年代半ばの時点では、一年をニューヨークと東京で棲み分ける生活をしていたが、二〇一一年の東日本大震災を機に日本国籍を取得、日本永住の途を選択した。本書のタイトルで夙《つと》に予告されていた「二つの母国」は、彼にとってついに文字通りの現実となった。われわれの「友人」だったキーン氏は今や、われわれの「同胞」となったのである。

わたしは大著『百代の過客――日記にみる日本人』を含むキーン氏の、日・英の二か国語にわたる圧倒的な文業に深い敬意を抱いているが、わたしの敬意はそれにもまして、われわれの「友人」にして「同胞」という彼のこの独自な存在のかたちに向けられている。卓抜な知性と繊細な感性を兼ね備えたこの文学者、というよりむしろ文人を、最初は「友人」として、そして後には「同胞」として得た幸運を、戦後日本はどれほど大きな誇りとしてもしすぎるということはない。同時にアメリカ合衆国もまた、自国民のうちからこうした人物が出現したという事実を、みずからの文化の品格と活力の表われとして大いに誇るべきだろう。「太平洋の架け橋」などと言えば空疎な美辞麗句に聞こえようが、わたしの目にキーン氏の存在は、二つの国の間に渡された偉大な「橋」のように映る。それは実利的有用性の観念を超えた場所に築かれた「橋」であるが、しかしこの「橋」が存在しはじめるや、以後、日米両国がそこから受けた現実的恩恵は測り知れないほど大きい。実際、この「橋」を渡って、数えきれないほど多くの人々が二つの国の間を往還してきたし、今も現に往還しつづけている。

むろんキーン氏は、両国の架け橋になろうなどという鯱《しやちほこ》張《ば》った公的使命感に衝き動かされて、研究や翻訳の仕事を行なってきたわけではない。彼はただ、文学や文化や精神風土への関心から日本に接近し、歌舞伎の愉楽や浮世絵の美や和食の美味を発見してそれに魅了され、京都や東京に居を構えて多くの日本人の友人を作り、好きな小説や戯曲を訳し、要するに自分の生きたい人生を思うさま生きてきただけだ。そして、そういう人物であるがゆえに、人々は心を開いて彼を信頼し、その信頼が彼をおのずと「橋」たらしめたのである。

これは、文学研究が細密な専門分化を遂げ、「何々時代の何々における何々の主題についての何々的分析」といったたぐいの論文を量産しないかぎり大学にポストが得られないということになってしまった今日、まず見られなくなってしまった例外的現象である。ドナルド・キーンは、日本研究の専門家であるより以前にまず、相対的なバランス感覚に優れた一人の総合的知性であり、もっと言うなら、さらにそれより以前にまず、豊かで柔らかで暖かな心を持つ一人の「人物」であった。

それがどのような「人物」であるかが生彩豊かに描かれているという意味で、彼と日本との関わりをめぐって多種多様な話題が展開されている本書は、そう厚くはないながらドナルド・キーンのエッセンスが凝縮されている書物だとも言える。これは小さな名著である。

キーン氏は、自分が戦後期における日本研究のパイオニア的存在であり（それ以前の時代に遡る「海外における日本研究」に関しては、本書収載の同題の講演記録に詳述されている）、後続の研究者たちの仕事においては良くも悪くももっと高度な専門化が――すなわち主題の限定化が進むであろうことを、本書執筆の時点ですでにはっきりと認識していた。自分にとっては、日本に暮らし、土地と文化の多様な表情に触れ、それを理解し愛することが重要だった。だが、いずれ「アメリカやヨーロッパの日本学者たちは、特定の文献の判読に努めたり、特定の政治制度の発展過程をたどる努力を集中させればよくなり、日本を訪れる必要を認めなくなるかもしれない」。以後三十年、大まかに言えば状況はこの予見通りに推移してきたし、こうした傾向はますます加速しつつあるようだ。それは慶賀すべきことなのだろうか。然り、とキーン氏は言う――「そういう時代が到来したら、一部の人々は、日本研究もようやく成熟の域に達したと言って喜ぶだろう」。そのうえで彼は、しかし、とただちに付け加える。

しかし私自身は、それによって貴重なものが失われてしまうだろうと考えている。つまり、過去一世紀にわたって、日本を研究してきた外国人学者たちを鼓舞してきた情熱や愛情が失われてしまうことにならないだろうか。

（「なぜ日本へ？」本書一四ページ）

この「情熱や愛情」――それがどれほど得難く貴重なものか（ものだったか）という思いが、殺伐と緊迫の度をいよいよ増しつつある内外の情勢に照らしつつ、二〇一〇年代の今、わたしの心に痛切に迫ってこざるをえない。こうした大らかな「情熱と愛情」を欠いた「外国研究者」が自国と他国の架け橋の役割を果たすことなど、無理に決まっているからだ。しかし、同時にここで注意しておきたいのは、日本への愛を語るキーン氏の言葉が、日本のものなら何でも良い、すばらしい、奥ゆかしい、美しいと持ち上げる浅薄なお追従屋のそれからははるかに隔たり、言っておくべきことはきちんと言うという倫理と平衡感覚に貫かれているという点である。

単なる日本文化贔屓のアメリカ人なら、できれば避けて通ろうとするであろう太平洋戦争や東京裁判といった過敏な話題に、真っ向から触れることをキーン氏は厭わない。本書収載の「戦争犯罪を裁くことの意味」「刑死した人たちの声」等のエッセイで、彼はアメリカ人愛国者として戦勝国の振る舞いをひたすら正当化しようとしていないのはもちろん、他方また、戦犯裁判における偏見と不正をひたすら告発することで日本人に阿《おも》ねようともしていない。「刑死した人たちの声」に同情を籠めて耳を傾けつつ、「しかし、一方的であった勝者の裁判にも意味があると信じたい」(一三五ページ)と彼は念を押す。「ベトナム戦争中、ベトナムの民間人の殺戮《さつりく》を命じた米軍人が米軍の軍事裁判で有罪の判決を受けたことは、日本人の戦犯裁判と無関係ではなかったと思う。一種の道義感の成立に貢献したと思いたい」と。

これは、「二つの母国に生き」るという人生のかたちが、筋金入りのものであるかどうかが試される、もっとも苦しい試練の瞬間の一つであろう。それを回避せずに正面から引き受け、どちらの「母国」に対しても公正たらんとして慎重に言葉を選んでいるキーン氏の、苦渋を滲ませた表情(「考えれば考えるほど私にもわからなくなる」一三五ページ)に、わたしは彼の知識人としての誠実と廉直を見る。「母国」が二つあるのは、決して楽しいことばかりではないのだ。とりわけ、その二国の間に過去に血腥《ちなまぐさ》い因縁があり、今なお絶えざる政治的・経済的緊張が続いている場合には。だからこそ、「情熱と愛情」によって架けられた「橋」の意義がますます大きくなるのである。

しかし、日本への「情熱や愛情」は、キーン氏が文学者である以上当然ながら、日本の作家との交流を語る言葉のうちにもっとも豊饒かつ流麗に発露している。中でも、親しい友人でもあった三島由紀夫との付き合いを綴った本書掉尾《ちょうび》の「わが友三島由紀夫」は、心の籠もった美しい回想記だ。自分自身を美文と韜晦《とうかい》の硬い外被で鎧って、他人には容易に内部を覗かせなかった三島だが、日本の文壇共同体から見れば「異人」であったキーン氏にだけは案外気を許し、ぽろりと内面をさらけ出す瞬間があったのではないだろうか。

（まつうら　ひさき／作家・詩人・東京大学名誉教授）

二《ふた》つの母国《ぼこく》に生《い》きて　朝日文庫

2015年9月30日　第1刷発行

著　者　ドナルド・キーン

発行者　首藤由之
発行所　朝日新聞出版
〒104-8011　東京都中央区築地5-3-2
電話　03-5541-8832（編集）
03-5540-7793（販売）
印刷製本　大日本印刷株式会社

© 1987 Donald Keene
Published in Japan by Asahi Shimbun Publications Inc.
定価はカバーに表示してあります

ISBN978-4-02-261838-2
落丁·乱丁の場合は弊社業務部（電話03-5540-7800）へご連絡ください。
送料弊社負担にてお取り替えいたします。

朝日文庫

荒川 洋治
忘れられる過去
《講談社エッセイ賞受賞作》
文学は、経済学、法律学、医学、工学などと同じように「実学」なのである——。ゆっくり味わい、また読み返したくなる傑作随筆集。〔解説・川上弘美〕

車谷 長吉
人生の救い
車谷長吉の人生相談
「破綻してはじめて人生が始まるのです」。身の上相談の投稿に著者は独特の回答を突きつける。凄絶苛烈、唯一無二の車谷文学《ワールド》！〔解説・万城目学〕

週刊朝日編集部編
忘れられない一冊
作家・三浦しをんが小学生の頃に感銘を受けた本。宗教学者・山折哲雄の酒代に消えてしまった貴重本……。著名人が明かす「本」にまつわる思い出話。

柴田 元幸
生半可版 英米小説演習
メルヴィル、サリンジャー、ミルハウザーなど、古典から現代まで英米作家の代表作のさわりと対訳、そして解説をたっぷりと！〔解説・大橋健三郎〕

柴田 元幸
翻訳教室
東大人気講義の載録。九つの英語作品をどう訳すか。日本語と英語の個性、物語の社会背景や文化まで知的好奇心の広がる一冊。〔解説・岸本佐知子〕

柴田 元幸
代表質問
16のインタビュー
村上春樹、バリー・ユアグロー、岸本佐知子ら一三人との文学談義。読めばフィクションがもっと好きになる傑作インタビュー集。〔解説・福岡伸一〕